로또부터 장군까지 12

2024년 4월 19일 초판 1쇄 인쇄
2024년 4월 24일 초판 1쇄 발행

지은이 게르만
발행인 김관영

기획 박경무 강민구 임동관 조익현 최시준 신정윤
책임편집 오영란
마케팅지원 유형일 장민정

발행처 (주)로크미디어
출판등록 2003년 3월 24일
주소 서울시 마포구 마포대로 45 일진빌딩 6층
Tel (02)3273-5135 **Fax** (02)3273-5134
홈페이지 rokmedia.com **E-mail** rokmedia@empas.com

ⓒ 게르만, 2023

값 9,000원

ISBN 979-11-408-2218-8 (12권)
ISBN 979-11-408-1132-8 04810 (세트)

ROK
MEDIA
로크미디어

로만부터 장군까지

게르만 현대 판타지 장편소설 12

CONTENTS

Chapter 1

이원영이 선수들을 불러 모은 후 말했다.

"자, 주목."

"주목!"

"오늘이 4강을 가기 위한 마지막 경기다. 지금까지 해 준 것만 해도 단장은 만족하지만 여러분들은 아직 배가 고픈 것으로 안다. 맞나?"

"예, 그렇습니다!"

"그렇다면 이겨라. 이겨서 증명해라. 상대가 강하다곤 하지만 우리도 강하다. 맞나?"

"예, 맞습니다!"

"좋다. 참고로 이번 경기에 김대한 중위의 군 생활이 걸려 있으니 다들 열심히 뛰어 주길 바란다. 이상!"

분명 두 번째 물음까지만 해도 다들 우렁차게 대답했다.

근데 마지막 추신은 뭐야?

김 중위의 군 생활이 걸려 있다니?

궁금함을 참지 못한 현정국이 대표로 손을 들었다.

"저, 단장님. 김대한 중위의 군 생활이 걸려 있다는 게 무슨 말씀이십니까?"

"이번 경기에서 지면 50사단장님이 데리고 가기로 하셨거든. 빈말 아니다. 어떻게든 데려가려는 거 대한이가 이번 경기에 자신의 운명을 걸겠다고 한 걸 같이 듣고 온 길이니까."

그 말에 현정국을 비롯한 모두의 눈이 휘둥그레 커졌다.

이건 또 무슨 소리야?

왜 자기들도 모르게 그런 내기가 이루어진 건데?

그때, 한참이나 눈알을 굴리던 현정국이 말했다.

"그, 그럼 져야 한다는 말씀이십니까?"

"응? 말이 왜 그렇게 되는 거지?"

"그야 사단장님이 부르셨잖습니까. 그럼 일부러 져서라도 대한이를 보내야 하는 거 아닙니까?"

"아……."

현정국의 물음에 이원영은 자연스럽게 대한을 바라봤다.

하, 이래서 말하지 말자고 한 건데.

대한이 속으로 한숨을 삼키며 말했다.

"……내기는 내기일 뿐입니다. 그리고 전 공병단에서 초급 장교 생활을 마무리하고 싶습니다."

대한의 말에 이원영이 흡족함에 고개를 끄덕인다.

그러나 현정국을 비롯한 간부들은 여전히 대한의 말을 이해하지 못했다.

특히 이영훈이 그랬다.

"그…… 대한아, 네가 축구를 너무 열심히 해서 머리가 어떻게 된 것 같은데 그런 건 무조건 가는 거야. 사단장님이 친히 콜하셨는데 그걸 왜 거부해?"

"아닙니다. 전……."

"작전장교님. 저희 그냥 기권하는 게 어떻겠습니까? 축구 한 판에 후배 앞길을 막을 순 없지 않습니까?"

이영훈의 말에 현정국이 심각한 표정으로 고개를 끄덕였다.

"씁…… 정말 그래야 하나."

그러긴 뭘 그래?

대한이 얼른 손을 저었다.

"기권하지 마십쇼. 저 진짜 여기서 초급 장교 생활 마무리하고 싶습니다. 만약 기권하면 저 장기 안 하고 그냥 전역해 버릴 겁니다."

"……그 정도라고?"

이영훈이 여전히 이상하다는 표정을 짓자 그때 잠자코 듣고 있던 정우진이 피식 웃으며 이영훈의 어깨를 쳤다.

"괜히 신경 쓰는 척하지 말고 준비나 해. 여기서 마무리하고 싶다잖아. 그럼 무조건 이겨 줘야지."

"흠, 뭔가 이상한데……."

"본인 의사를 존중해 줘, 그게 제일이야. 그리고 대한이가 그런 거 하나 계산 못 하는 놈이겠냐? 본인 자리는 알아서 찾아갈 놈이니까 괜한 걱정 말고 이길 생각이나 해."

크흑, 역시 정우진.

배운 사람은 뭐가 달라도 달랐다.

정우진이 상황을 정리해 주자 대한은 그제서야 안도의 한숨을 내쉬었다.

이원영도 잠자코 대화를 경청하다 정우진의 정리에 피식 웃은 후 응원석으로 향했다.

그리고 마침내 경기가 시작되기 직전, 이영훈이 대한에게 슬쩍 다가와 조용히 물었다.

"야, 대한아. 진짜 이겨?"

"……예, 무조건 이겨 주십쇼. 저는 중대장님이랑 군 생활 하고 싶습니다."

"아니, 나랑 하는 게 뭐가 도움이 된다고 거길 거절해? 사단장님이 당겨 준다는 데 거절할 이유가 있냐?"

"중대장님이랑 군 생활 하는 게 훨씬 재미있습니다."

"그건 그렇지. 소장이랑 군 생활 할 생각하면 벌써부터 숨이 막힌다."

"그러니까 후배 질식사 안 하도록 잘 좀 도와주십쇼."

"후, 그래. 알겠다."

대한의 단호한 모습에 이영훈도 그제야 포기하고 경기에 집중하기 시작했다.

이내 경기가 시작되었다.

그런데 경기가 시작되자마자 50사단은 엄청난 공격을 퍼붓기 시작했다.

'강팀이라더니 진짜 강팀이네.'

사실 대한은 50사단에 대한 소문을 별로 믿지 않았다.

소문이란 원래 부풀려지기 마련이니까.

하지만 막상 겪어 보니 부풀려진 게 아니라 축소된 것이었다.

대한이 다급하게 이영훈을 불렀다.

"중대장님! 뒷공간!"

"히얏!"

대한이 놓친 공격수에게 이영훈이 태클을 걸었다.

공을 노리고 들어간 것이었지만 상대 공격수가 워낙 빨랐기에 반칙을 할 수밖에 없었다.

삐빅!

위험지역에서 반칙을 내어 준 것과 동시에 이영훈이 옐로카드를 받았다.

"하…… 죄송합니다."

"뭐, 3명이 동시에 들어오는데 어떻게 막냐? 반칙으로라도 막은 게 다행이지."

이영훈은 아무렇지 않다는 듯 대한을 토닥이고는 프리킥을 막기 위해 이동했다.

'막았으면 다행인데 아직 완전히 막은 게 아니잖아.'

선수 출신들의 프리킥을 막아야 하는 상황이었고 대한은 불안했다.

아니나 다를까, 50사단은 프리킥 찬스를 놓치지 않았다.

태클을 당했던 공격수가 바로 프리킥을 찼고 골대 구석으로 제대로 빨려 들어갔다.

공병단은 대회 첫 실점을 내어 주었고 현정국이 대한에게 다가와 위로해 주었다.

"괜찮다, 대한아. 네가 50사단으로 가야 하는 운명이라고 생각해라."

"전 가기 싫다고 말씀드렸는데……."

"우린 네가 가는 것도 나쁘지 않다고 생각한다."

"안 됩니다, 작전장교님. 절 공병단에 남아 있게 해 주십쇼."

"하하, 그게 어디 내 맘대로 되나."

실점을 했음에도 절망적이라 생각하는 선수는 아무도 없었다.

그도 그럴 것이 경기를 치르면서 개개인의 실력이 많이 올라온 상태였으니까.

그중 가장 실력이 많이 올라온 건 다름 아닌 현정국이었다.

'주전 경쟁에서 밀리기 싫다고 엄청나게 열심히 했지.'

물론 양준규의 자리를 다시 뺏은 건 아니었다.

그가 노린 건 정우진의 자리.

공격수는 절대 못 뺏을 것 같고 수비수는 하기 싫었다.

그렇다면 남은 건 미드필더였다.

정우진이 아무리 육사에서 배웠다고 하지만 그래도 현정국의 축구 센스가 더 뛰어났다.

지금이야 나이가 들었다지만 그도 한때는 전국에서 주목받던 유망주였으니까.

현정국은 양준규와 몇 마디를 주고받은 뒤 경기를 시작했다.

시작과 동시에 양준규가 전방으로 달려 나갔고 현정국이 공을 띄웠다.

높게 올라간 공은 양준규가 충분히 자리 잡을 시간을 마련해 주었고 양준규는 수비수에게 공을 내어 주지 않을 피지컬을 가지고 있었다.

이내 공을 소유한 양준규는 공을 지키며 주변을 살폈고 뛰어오는 현정국에게 공을 내어 주었다.

현정국은 양준규의 패스를 컨트롤하지 않은 채 그대로 슈팅으로 연결했다.

그리고.

뻐엉!

50사단의 골키퍼는 현정국의 슈팅을 그대로 지켜볼 수밖에 없었다.

철썩!

이제껏 어시스트만 하던 현정국이 첫 골을 넣고 이원영에게 달려갔다.

그리고 이원영의 앞에 서서 경례를 했다.

"충! 성!"

"충성! 좋았다, 작전장교!"

"감사합니다!"

50사단에게 바로 복수를 해 준 현정국은 대한에게 씨익 웃으며 말했다.

"한 골 더 넣어 줄까?"

"이왕 넣으신 거 해트트릭은 해야 하지 않겠습니까?"

"준규가 기회를 주겠냐?"

현정국의 말을 들은 양준규가 웃으며 답했다.

"오늘 작전장교님 컨디션 좋으신 것 같으니 계속 밀어드리겠습니다."

"오케이. 상대도 널 집중마크하고 있으니까 오늘은 내 위주로 해 보자고."

오늘은 현정국이 주인공인 날이었다.

현정국은 경기가 끝날 때까지 2골을 추가해 해트트릭을 기록했다.

그리고 대한과 이영훈은 첫 골을 내어 준 뒤로 미친 듯한 집중력을 보이며 더 이상 실점하지 않았고 공병단은 끝끝내 3 대 1로 승리를 가져갈 수 있었다.

"와아아아!"

대한은 상대편의 기분을 생각하지도 않은 채 환호를 내질렀다.

그러자 옆에 있던 이영훈이 웃음을 터트리며 말했다.

"이야, 이렇게까지 좋아하는 거 보니까 아까 좀 많이 쫄렸나 보다?"

"하, 예. 진짜 피 말려 죽는 줄 알았습니다."

그 말과 함께 대한은 그제서야 나길준 쪽을 살폈다.

그때, 나길준과 이원영이 대화를 나누며 경기장으로 내려왔다.

대한이 마른침을 삼켰다.

'……치사하게 설마 장군이 두말하는 건 아니겠지?'

대한은 나길준이 계급으로 밀어붙일까 싶어 예상 질문을 떠올리며 마음의 준비를 했다.

그리고 두 사람이 경기장으로 완전히 내려왔을 때 두 사람은 의외로 대한이 아닌 현정국을 불렀다.

"현 대위."

"대위! 현정국!"

장군의 부름.

전혀 생각지도 못한 부름이었기에 현정국은 거의 소리 지르다시피 관등성명을 대며 달려갔다.

그 반응에 나길준이 재밌다는 듯 웃으며 말했다.

"자네 육군 대학 언제 가나?"

"아직 정확히 결정된 건 없습니다."

"작전장교 보직 끝나고 바로 갈 건 아니잖아?"

"아, 예. 바로 갈 순 없을 것 같고 부대에서 보직 하나 더 한 뒤에 갈 것 같습니다."

현정국은 이원영의 눈치를 보았고 이원영이 조용히 고개를 끄덕였다.

그러자 나길준의 입에서 전혀 생각지도 못한 말이 튀어나왔다.

"너 그 보직 우리 사단에서 풀어라."

"제, 제, 제가 말씀이십니까?"

"그래, 너. 왜, 싫어?"

이건 또 무슨 전개야?

갑자기 현정국을 캐스팅한다고?

아니, 근데 저 양반은 축구 보러 온 게 아니라 인재 영입하러 온 건가?

왜 자꾸 남의 부대 사람을 빼어 가?

현정국이 얼른 대답했다.

"아, 아닙니다! 그, 그저 제가 사단장님과 군 생활을 같이해 본 적이 없어서 제안이 당황스러워서 그랬습니다."

현정국이 당황할 만도 했다.

여태 장군들의 사랑을 받아 온 대한과는 달리 현정국은 이제껏 주목 한번 받아 본 적 없는 보통의 군인이었으니까.

게다가 이제 겨우 중위인 대한이야 편하게 불러 앉힐 수 있겠지만 현정국에게까지 그럴 순 없었다.

'이제 소령 진급한 양반을 데리고 가려면 그만큼 좋은 자리를 줘야 할 테니까.'

애초에 이상한 자리라면 현정국이 안 갈 터.

그러니 나길준이 이런 말을 꺼낸 것 자체가 좋은 자리를 주겠다는 말이나 다름없었다.

나길준이 현정국에게 웃으며 말했다.

"내가 군 생활 해 보니까 축구 잘하는 애들이 군 생활도 잘하더라고. 사단 공병대대에서 일 좀 해 줬으면 하는데 어떻게 생각하나?"

이원영이 현정국을 향해 고개를 끄덕였고 현정국은 그의 군 생활 역사상 가장 감격한 표정으로 대답했다.

"맡겨만 주시면 열심히 하겠습니다!!"

"에이, 열심히는 다 하는 거고 잘하라고 부르는 거잖아. 잘해야지."

"예! 잘하겠습니다!"

쩌렁쩌렁한 목소리.

두 사람은 곧 악수를 나눴고 그런 현정국을 보며 대한은 생각했다.

'이게 이렇게 되다니…… 그나저나 현정국 저 양반은 진짜 축구로 군 생활을 하네.'

희한한 양반이었다.

근데 뭐 일단은 축하해 줘야지.

어찌 보면 나 대신 당겨져 가는 것 같으니까.

그렇기에 대한은 얼른 박수를 치기 시작했다.

그러자 공병단은 물론 사단의 선수들도 박수를 쳐 주었고 서로 고생했다는 말을 나누며 부대로 복귀했다.

부대는 축제 분위기였다.

군대는 휴가와 축구가 전부라고 해도 과언이 아닌데 50사단을 꺾고 돌아왔으니 이게 금의환향이 아니면 뭘까?

선수들은 휴식을 위해 와자지껄 막사로 들어갔고 대한도 그럴 예정이었다.

현정국의 호출만 없었다면 말이다.

대한은 병력들을 통제한 뒤 그대로 흡연장으로 향했다.

그러자 거기엔 귀에 피가 나도록 현정국의 자랑을 듣고 있는 정우진과 이영훈을 볼 수 있었다.

현정국이 말했다.

"크…… 소령 진급하자마자 사단장님이 직접 스카우트하실 줄이야. 나도 내가 어디까지 올라갈지 겁난다 겁나."

"사단장님께서 보는 눈이 있으신 것 같습니다."

"그러니까 사단장까지 올라가셨겠지. 보는 눈 없이 어떻게 진급을 하셨겠냐?"

뒤늦게 도착해 현정국의 말을 들은 대한은 어이가 없었다.

사람 보는 눈은 무슨.

그냥 축구 잘해서 데려가는 건데.

사실이었다.

나길준이 경기장에 온 첫 번째 목적은 대한이었고 두 번째 는 사단을 응원하기 위해서였으니까.

애초에 현정국은 안중에도 없었다.

그런데 오늘 경기를 보니 사단 축구 팀에 미드필더가 약한 게 보였고 마침 미드필더로 활약한 현정국을 스카우트한 것.

비약이 아니었다.

나길준은 혹시 모를 내년의 축구 경기를 미리 대비할 생각이 었기 때문이다.

대한은 신나서 떠드는 현정국을 보며 속으로 고개를 저었다.

'가면 소령 필수보직도 해결 못할 텐데, 쯧.'

그도 그럴 것이 육군 대학을 갔다 오지 않은 현정국이 사단에 제대로 자리 잡을 가능성은 현저히 낮았으니까.

하지만 현정국의 입장에선 사단장이 본인을 직접 선택한 것 그 자체만으로도 기분이 좋을 수밖에 없다. 장군의 선택을 수시로 받는 대한이라면 모를까, 현정국…… 아니 보통 사람에게 이런 경우 자체가 굉장히 드문 일이었으니까.

대한은 속으로 고개를 젓던 끝에 얼른 사회생활 가면을 장착했다.

"역시 작전장교님이십니다. 사단 가셔서 자리 잡으시면 저도 좀 챙겨 주십쇼."

"야야, 선배들 2명이나 있는데 너부터 챙기면 어떻게 하냐? 순서대로 챙겨 줄게."

오?

이건 좀 괜찮은데?

적어도 날 귀찮게 할 일은 없다는 말이니까.

그래서일까, 정우진이 얼른 어색하게 웃으며 말했다.

"하하, 저는 괜찮습니다. 영훈이부터 챙겨 주시면 될 것 같습니다."

"우진아. 육사라고 당연하게 소령 진급하는 시대는 지나갔어. 자력 좋은 나도 한번 물먹었잖냐."

"예, 명심하겠습니다. 그래도 전 괜찮습니다. 작전장교님처럼 공병단에서 진급할 생각입니다."

"흠, 그래. 공병단 작전장교면 좋은 자리니까. 그럼 영훈이나 챙기면 되는 건가?"

이영훈이 정우진을 원망스러운 눈빛으로 보고는 웃으며 말했다.

"작전장교님이 챙겨 주시면 저야 감사합니다."

"큭큭, 그래. 사단 가서 길 잘 닦은 뒤에 불러 주마."

흠. 그럼 부를 일은 없겠군.

대한은 조용히 고개를 끄덕였다.

그 뒤로도 세 사람은 몇십 분을 더 잡혀 있은 뒤에야 흡연장에서 벗어날 수 있었다.

이영훈이 대대로 복귀하며 대한에게 말했다.

"진짜 작전장교님이랑 군 생활 안 하고 싶다."

"말만 저렇게 하셨지 막상 부르기 힘드실 겁니다."

"그렇겠지?"

"예, 중대장님이 사단 공병대대 가시려면 중대장 아니면 작전참모로 불러야 하지 않습니까?"

"어, 설마 군수과장 같은 거 하라고 부르시진 않겠지."

"어차피 중대장은 18개월을 해야 하니까 보직 끝날 때까지 봐줄 수도 없을 거고 아직 진급하려면 많이 남은 대위를 작전참모에 앉힐 일은 더더욱 적지 않습니까. 그냥 계시는 동안 장단만 잘 맞춰 주시면 될 것 같습니다."

정우진이 의외라는 듯 대한을 보며 물었다.

"인사과장이라 그런가? 되게 디테일하게 알고 있네?"

"하하, 중대장님들이 잘되었으면 하는 생각을 항상 가지고 있어서 그런 것 같습니다."

"하여튼 말은…… 그런 의미에서 나중에 보직 상담은 너한테

해야겠다."

"중대장님께 도움이 될진 모르겠지만 전 언제든 환영입니다."

대한이 대위로 구른 세월이 얼마인데 이 정도는 기본이었다.

이영훈이 대한에게 어깨동무를 하며 말했다.

"나도 보직 상담해 주는 거지?"

"방금도 해 드리지 않았습니까?"

"어디 갈지 안 정해 줬잖아. 곧 중대장 끝나는데 어디 갈까?"

"음, 제 옆 사무실은 어떻습니까?"

"응? 뭐, 대대 군수과 말이야?"

"예, 중대장님이 오시면 제 군 생활이 즐거워질 것 같습니다."

대한의 말에 이영훈이 대한의 목을 졸랐다.

"야, 너 하나 재밌자고 남의 자력을 망치려 들어?"

"그, 그럼 2중대장 자리는 어떻습니까? 어차피 2차 중대장도 하셔야 하지 않습니까."

"이 자식이 왜 나만 대충 상담하는 거야? 죽을래?!"

그 말에 정우진이 피식 웃으며 말했다.

"영훈아, 대한이 기강 좀 제대로 잡아 놔라. 선배들한테 성의가 없네."

"예, 알겠습니다!"

"악, 잘못했습니다!"

"죽어! 죽어!"

이영훈이 계속해서 대한의 목을 쥐고 흔든다.

✳

그로부터 2주 뒤.

대한은 슬슬 추석 준비를 시작했다.

물론 축구 때문에 추석 때 대한이 부대에 있지는 못 했다.

하지만 인사과장이 추석 준비를 안 할 수는 없는 노릇.

남아 있는 병사들을 위해서라도 제대로 된 준비를 해야 했다.

'물론 병사들이야 명절 때 아무것도 안 하는 걸 제일 선호하긴 하지만…….'

위에서 그걸 좋게 볼 리가 있겠는가.

그래서 최대한 병사들도 간부들도 좋아할 수 있는 추석을 준비해 보려는 것.

자신은 있었다.

이번 추석은 미리미리 준비해 두었으니까.

대한은 사무실 전화기로 몇 군데 연락을 돌린 뒤 서류 하나를 챙겨 박희재에게 갔다.

"충성! 대대장님, 추석 계획 최종 보고드리겠습니다."

"어, 줘 봐."

박희재는 명절을 중요하게 생각하는 지휘관 중 하나였다.

병사들이 명절 음식을 못 챙겨 먹을 걸 대비해 집에서 명절 음식을 챙겨 올 정도였으니까.

박희재가 대한이 내민 보고서를 확인하고는 고개를 갸웃했다.

"이거 보급관들이랑 협의된 사항이냐?"

"예, 그렇습니다. 보급관들도 다 인지하고 있는 사항입니다."

"바쁠 것 같은데 인지하고 있다고? 그래 뭐, 다른 사람도 아니고 네가 보고서 만들어 올 정도면 이미 준비는 완벽한 상태겠지. 근데…… 그래도 명절에 이걸 다 한다고?"

박희재가 고개를 갸웃한 이유.

일단 대한은 이번에 박희재가 명절 음식을 안 싸 와도 되게끔 부사관들에게 전을 부치게 할 생각이었다.

그것도 강당에서 말이다.

박희재 마음에는 쏙 드는 계획이었지만 그래서 아리송한 것이다.

간부들이 이런 고생을 사서 한다는 것이 믿기지 않았으니까.

대한이 고개를 갸웃거리는 박희재에게 씨익 웃으며 말했다.

"사전에 보급관들과 거래를 좀 했습니다."

"무슨 빅딜을 했길래, 이 정도로 시간 투자를 해 준다는 거야?"

"제가 각 중대 관심병사들을 관리해 주기로 했습니다."

"……응?"

진짜였다.

게다가 단순히 면담만 추가하는 관리가 아닌 제대로 된 관리였다.

사실 관심병사 관리는 이번 제안 이전부터 조금씩 작업을 하고 있었는데 그 증거로 이미 몇 명은 다음 달에 있을 회의에서 관심병사 딱지를 걷어 내도 될 정도였다.

그러니 보급관들 입장에선 오케이 할 수밖에.

박희재가 감탄하며 말했다.

"이야, 빅딜도 그런 빅딜이 없었네. 일 처리가 아주 마음에 든다."

"감사합니다, 그래서 말인데 혹시 이번에도 따로 명절 음식 준비할 생각이십니까?"

"보급관들이 전 부치는데 이번엔 내가 굳이 할 필요는 없지. 왜, 신경 쓰였냐?"

"하하, 명절 음식 준비하는 게 쉬운 일은 아니지 않습니까."

"자식, 신경 써 주는 건 고맙다만 아직 중위가 신경 써 줄 정도로 늙진 않았다. 설마 이것 때문에 보급관들에게 빅딜을 제안한 거냐?"

"예, 뭐 그런 것도 좀 있습니다. 제가 대대장님 왼팔인데 신경 안 쓸 순 없지 않습니까."

"그건 좀 감동이다만 그래도 명절 당일에 얼굴도 안 비추는 왼팔이 어디 있냐?"

"하핫…… 그건 죄송합니다."

"정 죄송하면 우승하고 와. 그럼 싹 다 용서해 주마."

"최선을 다하고 오겠습니다."

"그래, 결과 기대하마."

박희재가 자리에서 일어나 대한의 어깨에 손을 올리며 말했다.

"중간보고는 원영이한테 알아서 들을 테니까 대대장 신경쓰지 말고 편하게 다녀와. 절대 다치지 말고."

"예, 알겠습니다. 대대장님."

대한은 대대장실에서 나와 각 중대 행정보급관들을 인사과로 호출했다.

그리고 행정보급관들과 회의를 진행했다.

"대대장님께 보고는 드렸고 명절 음식은 따로 준비 안 하신다니 제대로 해야 할 것 같습니다. 필요한 재료는 제가 따로 준비해 드릴 테니 바로 말씀해 주시면 됩니다."

그러자 박태록이 물었다.

"과장님, 인사과 예산이 많이 남습니까?"

"예, 여유 있습니다."

"흠, 담당관은 예산 없다고 하던데…… 혹시 과장님 사비 쓰시는 거 아닙니까?"

이런.

로또부터
장군까지

내부에 스파이가 있었구만.

대한이 고개를 돌려 남승수를 보자 남승수가 슬쩍 시선을 피해 모니터 쪽으로 얼굴을 숙였다.

그 모습을 본 박태록이 헛웃음을 띠며 말했다.

"허허…… 월급도 저희보다 적은 분이 사비 쓰지 마십쇼."

대한이 아무리 장교라지만 군인은 호봉 아니겠나.

보급관들의 월급을 따라잡으려면 최소 소령은 되어야 할 터.

하지만 대한이 어디 보통 군인이던가.

박태록의 말에 대한이 웃으며 말했다.

"하하, 인사과 돈은 충분합니다. 담당관이 체크를 잘 못 한 것 같습니다. 그렇지 않습니까, 담당관님?"

대한은 남승수에게 강렬한 눈빛을 보냈고 남승수는 마지못해 고개를 끄덕였다.

"아, 예. 그런 것 같습니다."

"제가 그런 것도 확인 안 하고 일을 벌였겠습니까. 걱정 안 하셔도 됩니다."

대한의 확언에 박태록이 그제서야 고개를 끄덕이며 말했다.

"그럼 다행입니다만…… 부족하면 말씀하십쇼. 중대 운영비에서 조금씩 보태겠습니다."

"하하, 예. 진짜 필요하면 말씀드리겠습니다. 일단 이번에는 괜찮으니까 신경 쓰지 마십쇼."

"예, 꼭 말씀하십쇼. 제가 겪어 봐서 아는 데 군대에서 혼자

고생하기 시작하면 답도 없습니다."

그럼. 잘 알지.

전생에선 나 혼자서 고생했으니까.

대한은 행정보급관들과의 회의를 마친 후 곧장 식재료를 구매하기 위해 이동했다.

그런 다음 넉넉하게 식재료 구매를 마쳐 식당에 전달한 뒤 축구 대회 준비를 마무리했다.

✳

추석 당일.

대한과 공병단 축구 대표 인원들은 버스를 타고 계룡대로 이동 중이었다.

버스의 선탑자는 다름 아닌 이원영.

계룡대에 도착하기 전 이원영이 기지개를 켜며 말했다.

"으…… 대령 달고 버스 선탑자를 할 줄은 몰랐네."

명절에 따로 움직이는 것이었기에 축구 대회와 상관없는 간부를 데리고 갈 순 없었다.

그래서 그나마 경기에 직접적인 관련이 없는 이원영이 선탑자를 하게 된 것.

대한이 그 말에 공감하며 생각했다.

'나도 대령이 버스 선탑자로 앉아 있는 건 처음 본다.'

대한이 웃으며 말했다.

"내려갈 땐 제가 선탑자 하겠습니다."

"경기하느라 피곤할 텐데 어떻게 선탑자를 맡기겠냐. 그나저나 너도 눈 좀 붙이지 그러냐."

"괜히 몸 무거워질까 봐 일부러 눈 뜨고 있는 중입니다."

"젊긴 젊구나, 체력이 좋아."

대한은 경기장에 도착할 때까지 이원영과 대화를 나누었다.

잠시 후, 버스가 계룡대 안에 마련된 경기장에 도착했고 버스에서 내린 대한은 경기장을 보며 놀랄 수밖에 없었다.

'카메라가 왜 이렇게 많아?'

생각보다 규모가 컸다.

그래서일까?

이제야 육군 전체를 대상으로 진행하는 대회라는 게 실감났다. 주변을 둘러보던 이원영도 놀라며 말했다.

"이야, 사람도 별로 안 올 텐데 누가 보면 프로 경기인 줄 알겠다."

"프로 경기보다 카메라가 더 많은 것 같습니다."

"후후, 분위기 이러면 다들 긴장이 안 될 수가 없겠구만."

정말이었다.

현정국을 제외한 병력들 모두가 긴장하고 있었으니까.

하지만 걱정하지 않는다.

어차피 상대편도 똑같은 상황일 테니.

그래도 긴장은 어쩔 수 없는 것.

대한은 병력들에게 다가가 1명, 1명 말을 걸며 긴장을 풀어 주었다.

그때, 저 멀리 안유빈이 대한을 발견하고 달려왔다.

"대한아!"

"선배님 오셨습니까?"

"왔으면 이야길 하지. 일찍 왔네?"

"고속도로 막힐까 봐 일찍 왔습니다."

"안 그래도 복귀할 때 차 막힌다고 참모차장님이 오는 대로 빨리 시작하라고 하시더라."

"아, 참모차장님도 계십니까?"

"어, 시상까지 해 주실 예정이야."

4강전에 올라온 부대를 생각해 보면 참모차장 정도가 되어 야 시상이 가능할 것 같긴 했다.

'대령이 사단장한테 시상하는 건 이상하잖아.'

중장인 참모차장이 어쩔 수 없이 필요한 상황이었다.

대한이 안유빈에게 물었다.

"그나저나 생방송이라 하지 않았습니까?"

"아, 생방송을 바로 내보내는 경우는 거의 없어. 몇 년 전에 음악 방송에서 있었던 사고 때문에 적게는 5초, 많게는 5분가 량 딜레이 방송을 하는데 우린 인터뷰 딸 것도 많고 해서 한 시간 이상 딜레이 방송을 할 예정이야."

아, 그 사고. 모를 수가 없지.

그때의 생방송 때문에 전 국민이 충격에 빠졌으니까.

대한이 웃으며 말했다.

"전 또 바로 내보내는 줄 알았습니다."

"방송의 질을 생각해서라도 그렇게 하긴 힘들지. 무튼 그건 우리가 알아서 잘해 볼게."

"하하, 예. 제가 또 선배님은 믿죠."

"단장님은 어디 계시냐?"

"조금 전까지 버스 앞에 계셨는데…… 어디 가셨지?"

대한은 이원영을 찾기 위해 주변을 둘러보았다.

이원영은 대한이 병력들과 이야기하는 사이에 육군 본부에서 나온 간부의 호출을 받고 자리를 비웠다.

'육본에서 대령은 막내나 다름없다는 게 진짜긴 진짜네.'

장군들이 워낙 많기에 대령은 높은 계급에 속하지 않았다.

이원영은 육사 출신 선배의 눈에 띄어 끌려간 것일 터.

안유빈이 아쉽다는 듯 말했다.

"아쉽네, 단장님 빨리 뵙고 싶었는데."

"돌아오시면 제가 바로 연락드리겠습니다."

"그래, 그럼 난 일단 준비 좀 마저 하고 있을 게."

"예, 고생하십쇼."

안유빈이 자리를 뜨고 얼마 지나지 않아 이원영이 한숨을 내쉬며 나타났다.

"어휴…… 도착하자마자 불려 다닐 줄은 몰랐네."

"누가 단장님을 찾았습니까?"

"선배들 몇 명이 내가 오길 기다렸다더라고 그래서 인사만 하고 너희들 핑계대고 바로 도망쳤다."

참 나. 남들은 선배들한테 잘 보이려고 애를 쓰는데 이 양반도 캐릭터 참 특이해.

그래도 그런 이원영이 싫지가 않았기에 웃으며 말했다.

"아까 안유빈 중위가 단장님 찾아왔다가 그냥 준비하러 갔습니다."

"아, 그래? 어디로 갔는데?"

"연락해 보겠습니다."

"아니다. 준비하느라 정신 없을 텐데 굳이 부르진 마라. 내가 찾아다니지 뭐."

"그러다 다른 분들 마주치시기라도 하면 힘드실 것 같은데 그냥 안유빈 중위를 부르는 게 낫지 않겠습니까?"

"……연락해 봐라."

대한이 피식 웃으며 안유빈에게 연락했고 잠시 후 안유빈이 전투복을 입은 군인들을 이끌고 등장했다.

이원영은 안유빈을 반가워하는 것도 잠시, 뒤따라오는 군인들을 보며 자세를 고쳐 잡았다.

"충! 성!"

"하하, 오느라 고생했다."

"먼저 와 계신지 몰랐습니다."

"본가가 대전이라 어제부터 와 있었다. 그나저나 공병단이 여기까지 올 줄은 꿈에도 몰랐다."

안유빈과 함께 등장한 이는 다름 아닌 추지훈이었다.

추지훈의 말에 이원영이 웃으며 대꾸했다.

"하하, 준비 열심히 했습니다."

"아무리 준비를 열심히 했다고 해도 4강에 올라온 부대 중에 단급 부대는 너희뿐이야."

추지훈이 놀라는 게 이상한 일이 아니었다.

나머지 3개 부대는 모두 사단의 대표들로 최소 만 명은 되는 사단 병력들 중 축구 잘하는 인원들 중에서도 베스트 오브 베스트를 뽑아 여기까지 올라온 것.

반면 공병단은 고작 400명 정도 되는 병력들 중에서 대표를 뽑았는데 4강에 왔으니 놀랄 수밖에.

대한이 추지훈에게 웃으며 말했다.

"중국이 세계에서 축구 제일 잘하는 건 아니지 않습니까. 축구는 팀워크라고 생각합니다."

"비유 좋네. 그래! 팀워크 생각하면 너희들이 제일 좋긴 하겠구나."

추지훈은 대한과 이원영이 반가운지 두 사람의 어깨를 쓰다듬으며 말했다.

"그런 의미에서 난 너희들이 우승한다에 걸었으니까 최선을 다해라."

"……잘못 들었습니다?"

"너희 단장이 계급이 좀 낮지 않냐. 내가 공병단장을 대신해서 사단장들이랑 내기했으니까 잘하라고."

"혹시 무슨 내기를 하셨는지 알 수 있겠습니까?"

"비밀이야."

"……알겠습니다."

대한이 부담스러워 하는 표정을 짓자 추지훈이 피식 웃으며 말했다.

"답지 않게 긴장을 하고 그러네? 별거 아니니까 너무 부담 갖지 마."

당신이 말하는데 어떻게 부담이 안 생기겠습니까.

그래도 그나마 다행인 사실은 이 사실을 대한과 이원영만 들었다는 것.

'병사들이 이 말을 들었으면 생각만 해도 끔찍하다.'

이윽고 이원영이 어색하게 웃으며 추지훈에게 물었다.

"기획관님, 혹시 다른 사단 경기 보신 적 있으십니까?"

"지금 올라온 애들은 국방부 근처에서 경기했었어서 다 봤지."

"잘합니까?"

"어, 한두 명 제외하고는 다 선수 출신이라서 보는 재미가 있더라.”

“······아, 그렇습니까?”

“듣자하니 너희들도 선수 출신 있다며?”

“있긴 합니다만······ 한 명뿐입니다.”

“그래? 그런데 어떻게 올라온 거지? 뭐, 잘하니까 올라온 거 아니겠어? 기대해 보마. 경기 전에 필요한 거 있으면 나한테 직접 전화해.”

“하하······ 예, 알겠습니다.”

추지훈이 이원영의 어깨를 두드려 준 뒤 그대로 단상으로 이동했다.

대한이 추지훈이 멀어지는 것을 확인하고는 이원영에게 말했다.

“단장님, 그냥 차 막히기 전에 기권하고 가는 건 어떻겠습니까.”

“역시 상황 판단이 기가 막히구나. 기획관님한테 가서 기권한다고 말씀드리고 오마.”

그 말에 안유빈이 웃으며 말했다.

“하하, 단장님. 그래도 길고 짧은 건 대봐야 하지 않겠습니까. 그래도 처음 붙는 부대는 3개 부대 중에 가장 약한 부대입니다.”

“유빈아, 오랜만에 얼굴 봐서 반갑다. 근데 별로 위로가 되진 않는구나.”

이원영의 말에 대한도 고개를 끄덕이며 말했다.

"대대장님께서 다치지 말라고 하셨는데…… 아무래도 몸 신경 쓸 때가 아닌 것 같습니다."

"대대장한테는 내가 알아서 잘 말할 테니까 넌 최선을 다할 생각만 해라. 사단장이라 해 봤자 기획관님 후배일 텐데 내기에서 지게 만들어 놓고 어떻게 얼굴을 보겠냐. 내 목숨 살린다 생각하고 경기에 임해라."

"후…… 예, 알겠습니다."

"하하, 오랜만에 단장님과 대한이가 대화하는 걸 보니 군 생활을 좀 더 하고 나올 걸 후회됩니다."

그 말에 대한이 무표정으로 말했다.

"그럼 재입대하십쇼."

"응?"

"3년 안에 재입대 가능하지 않습니까. 만약 서류 작성이 힘드시면 제가 도와드리겠습니다. 선배님 같은 인재는 언제나 환영입니다."

"그래, 이상한 부장 밑에 있지 말고 다시 내 밑으로 돌아와라."

"하, 하하…… 이, 일단 사회에 1년은 있어 보고 정 아닌 것 같으면 복귀하겠습니다."

"정말이십니까? 그럼 변 부장님한테 지금 이 발언 그대로 전달해도 되겠습니까?"

"나한테 왜 그러냐…… 내가 뭘 그렇게 잘못했다고…… 흠흠, 그보다 단장님? 혹시 인터뷰 짧게 부탁드려도 되겠습니까?"

"응? 나를?"

"예, 병사들 인터뷰 전에 지휘관 인터뷰 좀 따려고 합니다."

"나도 방송 나가냐?"

"다른 사람은 몰라도 단장님은 무조건 나가십니다."

안유빈의 말에 이원영이 고민하기 시작했다.

"인터뷰라…… 그거 꼭 내가 해야 해? 대한이가 하면 안 되나?"

"어, 단장님도 하시고 대한이도 할 겁니다."

군 생활을 오래해서 그런지 이원영은 인터뷰에 대해 본능적으로 거부감을 느끼고 있었다.

인터뷰를 하면 군은 물론 민간에도 얼굴을 알릴 수 있어 진급하는 데 도움이 될 수는 있었다. 하지만 괜한 구설수에 휘말리지 않기 위해서라도 최대한 피하는 게 좋았다.

육사에서 그리 가르쳤으니까.

대한이 이원영에게 말했다.

"미리 질문지 확인했고 그냥 편하게 하시면 됩니다."

"아, 그래? 네가 확인했다면 그냥 다녀오지 뭐."

"예, 안유빈 중위가 설마 저희한테 피해가 갈 만하게 행동하겠습니까."

안유빈도 안유빈이지만 대한이 그걸 가만히 보고 있을 리가 없었다.

'그나마 쓸 만한 양반인데 이런 인터뷰에 잃을 순 없지.'

이원영이 잘 보일 수 있도록 질문지까지 같이 수정을 해 주었다.

이원영이 안유빈을 보며 고개를 끄덕였고 안유빈이 건네는 질문지를 확인했다.

대한이 휴대폰을 확인한 뒤 안유빈을 불렀다.

"선배님, 부탁드린 외부인 출입증 가지고 계십니까?"

"아, 맞다. 준다는 걸 깜빡했네. 여기 있어."

대한은 안유빈에게 출입증을 받아 들고는 그대로 위병소로 이동했다.

경기장과 위병소는 거리가 상당했고 돌아다니는 와중에 경례만 수십 번은 한 것 같았다.

'명절인데 부대에 왜 이렇게 사람이 많아?'

아마도 육군 참모차장이 오는 것 때문인 것 같았다.

대한은 최대한 빠르게 위병소로 향했고 잠시 후, 위병소 앞에 정차해 있는 차량에 다가갔다.

우종혁의 차량이었다.

대한이 먼저 감사 인사를 했다.

"와 주셔서 감사합니다. 감독님."

"감사는 무슨. 컨디션들은 좀 어떻습니까?"

"저희야 항상 최고의 컨디션입니다."

"그럼 우승이겠네요?"

"하하, 그건 해 봐야 아는 거 아니겠습니까. 다른 부대들도 실력이 상당하다고 합니다."

"상당해 봤자 군인 아니겠습니까, 일단 들어가죠."

"예, 잠시만 기다려 주십쇼."

대한은 위병소에 들러 우종혁을 통과시켰고 우종혁의 차를 타고 함께 경기장으로 이동했다.

그리고 잠시 후, 경기장에 도착한 우종혁은 바로 공병단 선수들을 데리고 몸을 풀기 시작했다.

그렇게 어느 정도 몸을 다 풀었을 때쯤 사람들이 경기장에 들어차기 시작했다.

물을 마시던 대한이 이영훈에게 말했다.

"중대장님, 오늘 명절 아닙니까?"

"군인한테 명절이 어디 있냐?"

"아니, 그래도 이건 좀……."

대한이 놀란 이유.

그도 그럴 게 들어오는 사람 모두 전투복을 입고 있었고 심지어 그들 중 위관급 장교는 아무도 없었다.

아니, 소령조차 잘 보이지 않았다.

최소가 중령.

이들 모두 참모차장이 온다는 것 때문에 모여들고 있는 것이었다.

'군에 대령, 중령이 이렇게 많으니 진급이 힘들지.'

심지어 참모차장은 아직 얼굴도 안 비춘 상황.

새삼 계급의 힘이 참 대단하다고 느꼈다.

'그래도 관중이 많으니 즐겁긴 하네.'

심지어 영관급 관중이다.

선수가 아닌 대한이 언제 이런 경험을 해 보겠나.

대한은 몰려드는 군인들을 보며 미소를 지었고 그런 대한을 보며 이영훈이 이상하다는 듯 물었다.

"애인이라도 왔냐? 뭘 그리 실실 웃어?"

"그냥 저희처럼 프로도 아닌 사람들이 경기하는 데 관중이 있다고 생각하니까 좀 웃겼습니다."

"우리가 왜 프로가 아니냐?"

"돈도 안 받는데 저희가 왜 프로입니까?"

"우리 목숨이 걸렸잖아."

"……그건 또 언제 걸려 있었습니까?"

"단장님이 말씀해 주시던데? 기획관님이 내기하셨다고. 지면 우리 다 곱게 집에 못 간다고."

아, 그새 그걸 전파했다고?

대한은 조용히 눈을 감았다.

하지만 걱정과는 달리 이영훈의 반응은 좀 의외였다.

"경기에 내기가 빠지면 되겠냐. 안 그래도 내기할 사람 없나 찾고 있었는데 잘됐다고 생각하는 중이었다. 내가 또 승부사 체질이잖냐."

"이 정도면 승부사가 아니라 그냥 도박 중독 아닙니까?"

"이게 도박 중독이면 부대에서 왕고빵 했던 거 다 징계 때려야지."

대한이 이영훈의 말에 피식 웃으며 말했다.

"그럼 저희 부대 왕고가 기획관님입니까?"

"그렇다고 봐야지? 단장님이 충성하시는 분이면 왕고 맞지 않냐?"

"예, 맞는 것 같습니다."

잘나가는 소장이 왕고라니.

그렇게 생각하니 참 든든하네.

대한은 마무리 스트레칭을 하고 경기 시작 전 휴식을 취했다.

잠시 후, 변성인 부장이 단상으로 이동해 마이크를 잡고 말했다.

"아아. 자, 주목해 주시기를 바랍니다. 기존에 계획되어 있던 개회식은 참모차장님 일정상 생략하겠습니다. 바로 첫 번째 경기를 준비해 주시면 됩니다."

변성인이 주변을 살피고는 그대로 단상에서 벗어났다.

대한이 고개를 갸웃거리며 말했다.

"군대에서 개회식을 건너뛰는 건 처음인 것 같습니다?"

"어, 나도 처음이다."

"대회 시간을 최대한 단축시키려는 것일 수도 있겠습니다."

"그 말도 일리가 있네. 뭐, 우리는 좋은 거 아니냐? 괜히 땡볕에 서 있으면서 힘 뺄 필요도 없잖아."

"오, 그 생각도 하셨을 것 같습니다."

"……우승하고 참모차장님 만났을 때 네가 좋아했다고 말씀드릴게."

대한이 황당하단 표정으로 이영훈을 쳐다본 순간 이원영이 선수들에게 다가왔다.

"주목."

"주목!"

"일단 전달 사항부터 먼저 말해 주마. 참모차장님께서 명절에 병력들 시간 많이 뺏지 말라고 최대한 빨리 대회 끝내라고 하셨다. 그래서 하프타임 제외하고는 쉬는 시간 없이 바로바로 진행될 테니까 어디 움직일 때 보고 확실하게 하고 다녀라."

역시. 대한의 예상대로였다.

괜히 중장까지 올라간 게 아니구만.

옛날 군인치곤 센스가 있어.

대한이 씩씩하게 답했다.

"예, 알겠습니다!"

"그리고 결승전에 올라간 부대 대상이긴 하다만 경기의 승패와 관련 없이 참모차장님께서 보시고 잘하는 인원에게 따로 수상을 하신다고 하셨다. 이 두 가지로 전달 사항은 끝이다."

대회에 MVP가 없는 게 이상하다 생각했는데 아무래도 참모 차장이 직접 주려는 모양.

이원영은 병력들의 표정을 하나하나 살피고는 돌아가며 격려를 해 주었다.

그렇게 마지막 순서인 대한에게 도착했고 이원영이 대한의 어깨에 손을 올리며 조용히 말했다.

"넌 끝나고 참모차장님 뵙고 가야 한다."

"제, 제가 말씀이십니까?"

"판 벌인 게 너잖아. 참모차장님이 축구를 엄청 좋아하신다 더라. 네가 참모차장님의 꿈을 대신 이뤄 준 게 아닌가 하는 생각이다. 덕분에 나도 같이 가야 하니까 그렇게 알고 있어라."

이원영의 얼굴은 웃고 있었지만 입으로는 연신 한숨을 내뱉고 있었다.

대한 또한 이원영과 함께 한숨을 내뱉었다.

'시작하기도 전에 힘이 쭉 빠지네.'

이렇게 된 거 경기장에서 몸을 내던지고 상황을 피해 볼 생각이었다.

'최선에 최선을 다하게 만들어 주는구만.'

이원영이 우종혁과 인사를 하고는 관중석으로 이동했다.

이내 변성인이 공병단 대표를 불렀고 대한과 우종혁이 같이 단상으로 이동했다.

변성인은 얼마나 뛰어다녔는지 입고 있는 셔츠가 땀으로 다

젖어 있었다.

그가 대한을 보고는 반갑게 인사했다.

"김 중위! 잘 지냈어?"

"예, 잘 지냈습니다. 부장님도 잘 지내셨습니까?"

변성인이 땀에 젖은 셔츠를 가리키며 말했다.

"네 눈에는 내가 잘 지내는 거 같아 보이냐?"

"하하, 건강해 보이시긴 합니다."

"큭큭, 건강해지긴 했지. 매일 먹던 술도 못 먹고 일만 하느라 미치겠다, 아주."

"그래도 오늘이 마지막 날 아닙니까? 끝나고 시원하게 한잔하십쇼."

"오늘 무슨 날인지 잊어버린 거야?"

"하하, 법주라도 시원하게 드시면 되지 않겠습니까."

"에휴, 하필 날도 이런 날이 잡혀 가지고 마음 편하게 회식도 못 하고 집에 들어가야 하다니……."

한숨을 쉬는 변성인은 진심으로 슬퍼보였다.

그러기를 잠시 상대 부대가 오는 걸 보고는 대한에게 말했다.

"이거 끝나고 휴가 길게 쓰기로 했거든? 휴가 때 대구 내려갈 거니까 너도 휴가 낼 준비해."

"하하, 예. 알겠습니다. 일정 말씀만 해 주십쇼."

"네 덕분에 회사에서 인정도 받았는데 시원하게 한턱 쏘마."

로또부터
장군까지

"기대하겠습니다."

변성인은 대한에게 엄지를 치켜들어 보였고 이내 대한은 상대 부대의 대표를 보고 경례를 했다.

"충성!"

"아, 예. 충성. 계급이……?"

"중위 김대한입니다."

상대 부대의 대표는 박희재의 또래인 것 같았다.

그는 대한이 부사관인가 싶어 질문 한 것 같았다.

"아, 반가워. 1사단 전차대대장이다."

박희재와 계급이 같은 양반이었다.

근데 이 양반이 왜 유니폼을 입고 있지?

짬 축구라도 하겠다는 건가?

대한이 그가 건넨 손을 맞잡으며 크게 외쳤다.

"반갑습니다!"

"그나저나 이분은 누구시지?"

"저희 부대 감독을 맡아 주고 계십니다."

"따로 감독님도 모신 거야?"

"예, 그렇습니다."

"어쩐지…… 사단급 부대가 아니라 공병단이 올라왔다고 해서 여러모로 놀랐는데 이런 분이 계셨구나?"

전차대대장은 우종혁과도 인사를 나누었다.

이후 변성인이 카메라와 마이크가 설치된 위치를 알려 주었고 멋진 장면이 나왔을 때 응시해 달라는 부탁까지 받았다.

그 말에 대한이 속으로 피식 웃었다.

'경기의 질로는 승부가 안 된다고 판단했나 보네.'

전차대대장 역시 같은 생각을 하는지 피식 웃으며 고개를 끄덕였고 잠시 뒤, 두 사람은 각 진영으로 복귀했다.

복귀하는 길, 우종혁이 1사단 쪽을 흘끔흘끔 보더니 대한을 조심스럽게 불렀다.

"아무래도 조심 좀 해야 될 것 같습니다."

"왜 그러십니까?"

"아는 얼굴들이 좀 많이 보이네요."

"예? 여기 아는 얼굴이 왜 있습니까?"

"몇 년 전까지만 해도 대회에서 보던 얼굴들이 좀 있습니다."

"아."

1사단의 축구 대표 인원들 중에는 대학교까지 선수 생활을 한 병사들이 존재했다.

대학교 선수들의 실력이 어느 정도인지 누구보다 잘 알고 있던 대한이 걱정스러운 듯 물었다.

"……많습니까?"

"일단 2명인데 둘 다 공격수입니다."

"아, 그럼 괜찮습니다."

대한이 자신 있게 답하자 우종혁이 고개를 갸웃거리며 물었다.

"괜찮다뇨?"

"저랑 이 대위가 있지 않습니까. 가르침을 바탕으로 한번 다 막아 보겠습니다."

"하하, 가능하겠습니까? 저 중에 한 놈은 대회 득점왕 출신인데?"

"아."

왜 또 그런 괴물이 나오냐…….

대한이 슬픈 표정으로 말했다.

"아니 무슨 득점왕까지 한 선수가 프로로 안 가고 군대에 와 있는 겁니까?"

"프로 되는 게 쉬운 게 아닙니다. 저런 애들 널리고 널렸습니다. 아무튼 그런 의미에서 중위님이랑 이 대위님이 얼마나 잘 막느냐에 따라 이번 경기가 판가름 나겠네요."

"하……."

전혀 반갑지 않은 말.

대한은 잔뜩 부담되는 얼굴로 복귀했고 얼마 뒤 이영훈이 다가와 물었다.

"어때? 잘하는 것 같냐?"

"저 중에 대학교 선수 출신에 득점왕 출신이 있답니다."

"오, 나는 수비왕인데. 본의 아니게 대장전 매치가 되었군."

"긴장 안 되십니까?"

"말했잖아, 난 승부사 체질이라고. 원래 언더독이 응원 받는

법이야."

그 말에 대한이 피식 웃었다.

이영훈의 넘치는 자신감이 오히려 긴장을 풀어 준 것.

"그럼 중대장님만 믿겠습니다."

"오케이, 형만 믿어라."

이윽고 경기가 시작됐다.

경기가 시작되자마자 1사단의 공격수가 미드필더를 지나 이영훈의 옆에 섰다.

1사단은 공간을 찾기 위해 후방에서 공을 돌렸다.

이내 미드필더가 공을 전달받았고 그때까지 걸어 다니던 공격수가 재빠르게 움직임을 가져갔다.

그 순간.

"아악!"

공격수의 비명이 들림과 동시에 심판의 다급한 휘슬 소리가 경기장에 울려 퍼졌다.

삐빅!

이 상황을 만든 범인은 다름 아닌 이영훈이었다.

공격수 뒤에 딱 붙어 있던 이영훈은 공격수가 움직이자마자 유니폼을 당겨 발을 걸어차 버린 것.

대한은 그 모습을 보며 경악을 금치 못했다.

"무, 뭐 하시는 겁니까?"

"기선제압."

대한에게 자랑스럽다는 듯 말한 이영훈은 카메라를 찾기 시작했다.

그러고는 카메라를 향해 브이를 했다.

"……도대체 뭐 하시는 겁니까?"

"멋진 장면이 나왔을 때 골 세리머니 하라며."

"……이게 멋진 장면입니까?"

"경고한 거지. 앞에서 알짱거리지 말라고."

대한은 넘어진 공격수를 바라봤다.

그리고 한숨을 내쉬며 말했다.

"경고는 쟤가 하고 있잖습니까. 이제 저희 죽었습니다. 빨리 일으켜 주기나 하십쇼."

공격수는 이영훈에게 살기 가득한 눈빛을 보내고 있었다.

이영훈은 그제야 공격수를 일으켜 주었고 심판에게 옐로카드를 받았다.

'군인끼리 하는 경기에서 옐로카드 받는 것도 당신이 처음일 거다.'

대한은 고개를 내젓고는 우종혁을 바라봤다.

대한이 생각하기에 우종혁이 이영훈에게 한 소리 할 것 같았다. 하지만 우종혁은 이영훈의 행동이 마음에 드는 듯 박수를 쳐 주고 있었다.

'이게 맞다고?'

진짜 맞다고? 이게 프로의 판단?

대한은 이해할 순 없었지만 현직 감독도 괜찮다는 상황에 더 할 말이 없었다.

다행히 1사단의 공격수도 부상당한 건 아니었는지 가볍게 몸을 털고 일어났다.

이내 1사단에게 프리킥이 주어졌다.

서로 탐색전만 할 것 같았던 경기는 이영훈의 태클 이후로 점점 거칠어지기 시작했고 군대스리가다운 축구가 펼쳐졌다.

'공만 잡았다 하면 태클이 들어오네.'

다행인 건 사람을 향한 태클은 없다는 것.

군인으로서 최소한의 예의인 것 같았다.

물론 그것도 지켜 주지 않는 이들이 있긴 했다.

이영훈이 뚝뚝 떨어지는 땀을 닦으며 대한에게 말했다.

"하아…… 대한아, 자리 좀 바꾸자."

"의미 없습니다. 어차피 쟤는 중대장님 따라다닐 겁니다."

잠자는 사자의 코털을 건드린 이영훈은 1사단 공격수의 엄청난 압박을 견뎌야 했다.

보통 수비가 압박을 하는 게 정상이었지만 이미 둘 사이가 정상적이진 않았기에 가능한 일.

1사단 공격수는 공도 없는 상황에서 이영훈에게 딱 붙어 시도 때도 없이 몸싸움을 걸어댔고 이영훈의 유니폼은 이곳저곳 늘어나 넝마가 되기 직전이었다.

'심판한테 항의 안 하는 게 대단하다.'

유니폼이 저렇게 될 정도면 한 번쯤은 따질 만도 했다.

하지만 이영훈은 본인이 한 짓이 있었기에 차마 그러지 못했다.

이영훈이 한숨을 쉬며 말했다.

"하, 전반 얼마나 남았지?"

"이제 한 10분 남았습니다."

"아직? 난 이미 후반전도 끝난 것 같은데?"

"아쉽지만 전반도 끝나지 않았습니다."

"후반전에 감독님한테 교체 좀 해 달라고 해야겠다."

교체 안 해 줄 걸?

그도 그럴 것이 대회 득점왕을 상대로 35분 동안 한 골도 안 먹힌 건 이영훈 덕분이었으니까.

'그나저나 우리 공격수가 기를 못 펴네.'

이상했다.

양준규가 놓친 1대1 찬스만 몇 개던가.

에이스답지 않은 모습을 보여 주고 있었고 그렇게 득점 없이 전반전을 마칠 수밖에 없었다.

우종혁은 모여드는 공병단 인원들을 바닥에 앉힌 후 이영훈을 칭찬했다.

"이 대위님, 아주 좋았습니다."

"하…… 아닙니다. 저 지금 엄청 후회 중입니다."

"후회는 졌을 때나 하시고 퇴장 당해도 되니까 계속 그렇게 하세요."

그 말에 대한이 황당한 표정으로 말했다.

"감독님께서 그렇게 말씀하시면 진짜 퇴장 당할지도 모릅니다?"

"이 경기 지면 모든 게 끝인데 그게 중요합니까? 그보다……
어이, 에이스."

"예, 감독님."

"너 지금 뭐 하는 거야?"

웃으며 이야기 하던 우종혁의 표정이 무섭게 바뀌었다.

우종혁의 물음에 양준규가 고개를 숙이며 답했다.

"……죄송합니다. 집중을 못 한 것 같습니다."

"컨디션이 나빠 보이지 않아서 가만히 보고 있었다만 전반
전 내내 그러면 어쩌잔 거냐? 같이 훈련한 애들한테 안 미안
해? 똑바로 못 할 거면 지금 말해. 바꿀 사람 많으니까."

우종혁은 양준규에게 유독 강하게 이야기하는 것 같았다.

양준규는 잠시 고민하더니 이내 고개를 들고 답했다.

"……10분만 기회를 주십쇼."

"딱 10분이다. 현 소령님도 슬 몸 풀고 계시죠."

그 말에 눈치 없는 현정국이 얼른 대답했다.

이내 우종혁은 선발 인원들에게 부족했던 점들을 말해 주러
다녔고 눈치를 보던 대한이 양준규에게 슬쩍 다가가 물었다.

"뭔 일 있어?"

"……아닙니다."

"나한테까지 거짓말하냐?"

"거짓말하는 거 아닙니다. 뭔 일 있는 것도 아니고 그냥 제가 이런 대회에 좀 약합니다."

"그건 또 무슨 소리냐?"

"예선전은 괜찮은데 꼭 중요한 시점만 되면 경기가 제 마음대로 안 됩니다. 학생 때도 이것 때문에 망친 대회가 많습니다."

아아, 그렇구만.

큰 경기에 약한 스타일이었어.

이건 큰 경기가 있기 전까지는 알 수 없는 사실이었다.

"일부러 말 안 했던 거야? 중요한 경기라고 생각 안 하려고?"

"예, 맞습니다. 근데 카메라도 있고 보는 눈도 많으니까 마인드 컨트롤이 안 됩니다."

양준규는 대한에게 다 털어놓고는 조용히 웃음을 흘렸다.

'짠하네.'

본인이 말한 후반전 10분은 양준규의 마지막 도전인 것 같았다.

대한은 양준규의 등을 쓰다듬어 주고는 경기장을 살핀 후 이내 자리에서 벌떡 일어나 단상으로 향했다.

"부장님."

"어, 무슨 일이야?"

"저 부탁 하나 드려도 되겠습니까?"

"응? 무슨 부탁? 말만 해."

"카메라 좀 치워 주시면 안 됩니까?"

대한의 부탁에 변성인이 황당하단 표정으로 말했다.

"방송인데 카메라를 치워 달라고?"

"부탁입니다. 방송만 잘 뽑히면 되는 거 아닙니까."

"아니, 그래도 카메라가 있어야 방송을 뽑지."

"카메라 몇 대만 저한테 몰아주시면 제가 기가 막힌 장면 뽑아 드리겠습니다."

대한의 억지 같은 부탁에 변성인은 순간 눈을 좁혔다.

"네가 카메라 욕심에 이런 부탁을 할 리는 없고 뭐가 있구나?"

"예, 실은……."

대한은 변성인에게 양준규의 사정에 대해 말했다.

그러나 그럼에도 변성인은 곤란하다는 표정을 지었다.

"그건 좀 안타깝긴 한데, 그래도 카메라를 치우기엔……."

"경기 시작하자마자 저희 팀 수비가 반칙했을 때 좋아하지 않으셨습니까?"

"아, 그건 명장면이었지."

"제가 수비에서 그것보다 더 한 명장면 뽑아 드릴 테니 한 번만 좀 부탁드리겠습니다."

"……너도 반칙하려고?"

"또 반칙하면 재미없지 않습니까? 다른 거 보여 드려야죠."

"수비에서 뭘 보여 준다는 거야?"

대한이 씨익 웃으며 말했다.

"최정예 전투원의 신체 능력을 보여 드리겠습니다."

"……뭐 재주라도 넘겠다고?"

"비슷할 겁니다."

변성인은 대한을 빤히 쳐다보고는 이내 고개를 끄덕였다.

"에이, 그래. 어차피 너 때문에 시작한 건데 널 믿어야지. 야, 유빈아! 저 골대 뒤에 카메라 다 빼라. 단상에서 들고 대한이 개인 카메라로 써."

"예, 부장님!"

안유빈이 골대로 뛰어가기 시작했고 변성인이 대한에게 말했다.

"기대한다?"

"기대에 부응하겠습니다."

대한은 변성인과 하이 파이브를 하고 양준규에게 돌아갔다.

"준규야, 관중은 못 치우겠고 카메라는 치워 놨으니까 10분 안에 극복해 봐. 응원한다."

그 말에 양준규의 눈이 화등잔만큼 커지더니 이내 감동한 표정으로 대답했다.

"……감사합니다. 과장님."

잠시 후, 후반전이 시작됐고 카메라들은 약속대로 대한을 따라다니기 시작했다.

'어떻게든 해내야 한다.'

양준규를 위해 계획에도 없는 무리수를 뒀다.

하지만 자신은 있었다.

팀의 승리를 위해선 양준규가 꼭 필요했고 그런 양준규를 위해 나를 희생하는 건 너무나도 저렴한 대가였으니까.

기회는 빠르게 찾아왔다.

대한은 때마침 자신을 향해 날아오는 공을 똑바로 보았다.

머리 뒤로 날아가려는 공.

대한은 뒷걸음질로 그것을 따라가다 번개 같이 몸을 비튼 다음 그대로 두 다리를 공중에 띄워 뒤로 몸을 넘겼다.

그러자 대한의 오른발이 공중제비와 동시에 힘껏 공을 걷어 찼다.

뻐엉!

오버헤드킥.

성공이었다.

대한이 찬 공은 라인 밖으로 한참을 날아갔고 대한은 그걸 보며 웃었다.

'이게 되네.'

솔직히 무리수였는데 이게 될 줄은 몰랐다.

아마도 양준규를 위한 간절한 마음이 축구의 신에게 닿은 거 겠지.

바닥에 누워 공을 보던 대한은 얼른 자리에서 일어나 손가락으로 단상을 가리켰다.

그러자 변성인이 함박웃음을 지으며 박수쳤다.

"좋아! 최고다!"

대한은 그렇게 몇 초간 포즈를 잡아 주었다.

경기장에 있던 선수들은 그런 대한을 멍하니 쳐다봤고 함께 쳐다보던 이영훈이 조용히 다가와 물었다.

"……너 뭐 하냐?"

"골 세리머니 중입니다."

"그러니까 왜."

"멋있었지 않습니까."

"어이가 없네."

그런데 솔직히 인정할 수밖에 없었다.

대한의 오버헤드킥을 보고 이영훈도 멋있다고 생각했으니까.

이후엔 또다시 정신없이 경기가 흘러갔다.

정신을 차린 1사단은 공격을 이어 나가기 위해 스로인 했고 재빨리 뛰어간 대한이 그대로 공에 날아 차기를 했다.

대한이 다시 한번 골 세리머니를 했고 이영훈이 고개를 저으며 말했다.

"내가 골 세리머니한 것 때문에 계속 하는 거냐? 내가 미안하다, 그만해라."

"딱 한 번만 더 하고 집중하겠습니다."

"또?"

"변 부장님이랑 약속한 게 있어서 한 번은 더 해야 합니다."

대한도 선수들의 시선을 느꼈다.

골을 넣은 것도 아닌데 골 세리머니를 하고 있으니 눈총을 받을 수밖에.

하지만 관중의 반응은 뜨거웠다.

좀처럼 골이 터지지 않는 지루한 경기에 대한의 기행은 영관급 장교들의 웃음을 터뜨리기엔 충분한 것이었으니까.

그래서일까?

관중은 어느 샌가부터 대한을 응원하기 시작했다.

대한은 그들의 응원에 심취하기도 잠시, 순간 아차 싶은 표정으로 양준규 쪽을 보았다.

'아, 이러면 안 되는데.'

큰 경기 징크스가 있는 양준규 때문에 카메라를 치워 가면서까지 이런 쇼맨십을 보인 건데 도리어 관중의 반응을 끌어내 버렸으니 양준규가 더 부담을 느끼지 않을까 싶어서였다.

그런데 의외로 양준규는 웃고 있었다.

아무래도 현재의 분위기가 여러모로 긴장을 이완시켜 준 모양.

'자식, 웃기는.'

그래, 너만 좋으면 됐다.

난 광대가 되어도 좋으니 골만 넣어라.

이내 경기가 다시 시작되었고 대한의 바람대로 양준규의 움직임이 조금씩 좋아지기 시작했다.

그러나 문제는 1사단 공격수의 움직임도 좋아지고 있다는 것.

'막판 스퍼트다 이거냐?'

어느덧 후반전의 끝을 향해 달려가고 있었다.

그래서 더 필사적으로 움직이는 듯했다.

이영훈은 미친 듯이 움직이는 공격수를 보며 참다참다 소리를 질렀다.

"아오! 야! 공 없을 땐 좀 가만히 있어라!"

그러자 1사단 공격수가 씨익 웃으며 답했다.

"죄송합니다."

"하…… 너 어디 소속이냐."

"전차대대 소속입니다. 저희 대대장님도 보고 계십니다."

너무 뛰어다녀서 계급으로 눌러 보려 했는데 어림도 없었다.

이영훈이 입술을 잘근 깨물며 말했다.

"……같이 오셨구나. 열심히 해라."

"예, 알겠습니다."

1사단 공격수는 이영훈이 힘들어 한다는 걸 확인하고는 전력을 다하기 시작했다.

그때, 1사단 공격수에게 공이 전달되었고 터치 한 번에 이영훈을 제쳐 버렸다.

대한이 서둘러 그의 앞을 막아섰다.

하지만 속도가 붙은 공격수는 대한까지 가볍게 제쳐 버렸다.

대한은 다급히 그의 뒤를 쫓았다.

다행히 속도를 낼 만한 거리는 있었다.

'달리기는 내가 더 빨라.'

순식간에 공격수에게 근접한 대한이 양준규에게 배운 수비 기술을 떠올렸다.

대한은 공격수의 몸 앞으로 팔을 뻗었다.

그와 동시에 다리와 골반을 공격수의 몸 앞으로 집어넣었고 전력질주를 하던 공격수가 그대로 밀려 바닥에 나뒹굴었다.

엄청난 몸싸움으로 공을 뺏은 대한이 그대로 전방으로 공을 차 주었다.

"준규야!!"

대한은 목청껏 양준규의 이름을 부르며 공을 찼다.

그러자 대한이 찬 공이 궤적을 그리며 정확히 양준규에게 날 아갔고 양준규는 공이 떨어지는 지점을 향해 미친 듯이 달리기 시작했다.

그리고 이내 공이 떨어지는 순간.

퍼엉!

공 터지는 소리와 함께 골대 안으로 그대로 빨려 들어갔다.

"와아아아!"

징크스를 이겨 낸 양준규가 환호를 하며 대한에게 달려왔고 그 모습을 본 대한이 얼른 우종혁을 가리키며 말했다.

"나 말고! 나 말고 감독님한테 가!"

대한의 외침에 양준규는 그대로 우종혁에게 달려갔고 2002 월드컵 명장면을 재현했다.

✴

1사단은 양준규에게 첫 골을 먹힌 후 집중력이 흐려졌는지 그 뒤로도 양준규에게 한 골을 더 허용하고 말았다.

덕분에 결과는 2 대 0으로 공병단이 승리를 차지했고 공병단은 뜨겁게 승리를 만끽하며 비로소 휴식을 위해 막사로 이동할 수 있었다.

휴식을 위해 마련된 막사에는 이원영이 먼저 음료와 간식을 준비해 놓고 기다리고 있었다.

선수들을 본 이원영이 자랑스러움에 선수들의 노고를 격하게 치하하기 시작했다.

"진짜로 사단을 이길 줄이야! 으하하! 난 너희들이 무척이나 자랑스럽다!"

자랑스러운 병사들.

대한도 뿌듯함을 느꼈다.

그렇게 왁자지껄 승리에 취한 휴식 시간이 이어질 때쯤 대한이 슬쩍 양준규 옆에 앉으며 물었다.

"양 프로."

"예, 과장님."

"완전히 극복한 거야?"

"어느 정도는 극복한 것 같습니다."

"뭐야, 완전히 극복한 거 아니야?"

"하하, 과장님 덕분에 잠깐 동안은 극복이 됐지만 그래도 긴장은 계속 됐습니다. 그런 의미에서 정말 감사드립니다. 저 때문에 일부러 오버헤드킥도 하고 그러신 거 아닙니까?"

"그래 인마, 내가 선수들한테 눈총을 얼마나 받았는데. 그래도 골 넣었으니 됐다. 근데 잠시든 뭐든 어쨌든 두 골이나 넣었으니 이제 징크스는 극복한 거나 마찬가지 아니냐?"

"좋게 해석한다면 그렇게 생각할 수도 있을 것 같긴 합니다."

"뭘 그럴 것 같긴 해. 극복한 건 극복한 거지. 넌 이제 징크스 없다. 극복한 거야."

"하하, 네. 그럼 극복한 걸로 하겠습니다."

"좋아. 이제 한 경기만 더 이기면 된다. 그러니 잘해 보자, 에이스."

"예, 과장님. 이번 수비도 과장님만 믿겠습니다."

두 사람은 음료가 담긴 컵으로 건배를 했다.

그리고 양준규의 말마따나 대한도 이젠 정말 마지막 수비이니 만큼 십자인대가 끊어지는 한이 있더라도 온몸을 불사르겠노라 마음먹었다.

그렇게 얼마간 휴식을 취하기도 잠시, 대한은 슬쩍 자리에서 나와 경기장으로 이동했다.

　결승전에 올라올 상대 부대의 전력 파악을 위해서였다.

　대한이 경기장에 도착한 순간, 때마침 경기장에 있던 안유빈이 대한을 발견하고 다가왔다.

　"대한아!"

　"아, 선배님 계셨습니까?"

　"나야 여기 붙어 있어야지. 그보다 아깐 진짜 멋있었다. 주위에 중, 대령 할 것 없이 전부 박수치고 아주 난리도 아니었어."

　"하하…… 부장님이랑 거래한 게 있어서 약속을 지키려다 보니…… 운이 좀 좋았던 것 같습니다."

　"안 그래도 부장님이 엄청 좋아하시더라. 아참, 그런 의미에서 너 인터뷰 따 오라고 하셨는데 지금 가능해?"

　안유빈의 물음에 순간 대한이 눈을 슬쩍 좁히며 웃었다.

　"지금은 결승 상대 보려고 했는데…… 혹시 인터뷰 느낌으로 상대 팀 정보 좀 주십니까?"

Chapter 2

대한의 물음에 안유빈이 구김살 없이 웃으며 말했다.

"그게 비밀도 아니고 당연히 줄 수 있지."

공병단을 제외한 3개 부대는 전부 경기도와 강원도에 있는 전방 사단으로 대구까지 오기 힘든 안유빈이 수시로 방문한 곳들이기도 했다.

게다가 안유빈은 그들의 경기를 모두 촬영하며 방송본은 물론 예고편까지 만들어 보냈기에 아마 경기장에 있는 사람들 중 저들에 대해 가장 잘 아는 사람이기도 했다.

그래서 안유빈을 따라 이동했다.

막사 내부의 빈 회의실에는 카메라가 세팅이 되어 있었는데 대한은 자연스럽게 카메라 맞은편으로 가 앉으며 말했다.

"잘 나옵니까?"

"어, 잘 나온다. 인터뷰 몇 번 하더니 이젠 프로 다 됐네."

"인터뷰 프로 해서 뭐 하겠습니까, 그나저나 질문은 그대로 가실 겁니까?"

"아니, 네가 너무 멋진 장면을 뽑아 줘서 좀 바꾸려고."

"바꿨는데 그냥 갑니까?"

"난 준비된 것 보다 날 것의 영상이 더 좋더라고."

"동의합니다. 저도 준비됐습니다."

안유빈은 곧바로 카메라를 켜 질문을 시작했고 대한 또한 임기응변의 달인이었기에 인터뷰를 금방 마칠 수 있었다.

인터뷰가 끝나자 대한이 흡족한 표정으로 말했다.

"엄마한테 꼭 보라고 해야겠습니다."

"어머니뿐만 아니라 나중에 자식한테까지 보여 줘라."

"자식이라……."

여자 친구도 없는데 결혼은 언제 하나?

명절에도 쉬지 못하고 군대에 불려 다니는데 여자 친구 만들 시간은 있을지 모르겠다.

대한이 피식 웃으며 물었다.

"자식은 생각 좀 해 보겠습니다. 그나저나 이제 상대편 전력에 대해서 좀 말씀해 주시죠."

"두 팀 다 미드필더들이 탄탄해."

"같은 장점을 가지고 있습니까?"

"어, 포메이션도 같아. 미드필더 세 명 전부 다 선수 출신이고."

대한민국에 축구 선수 출신이 이렇게 많을 줄 몰랐다.

생각해 보면 대한이 부대를 셀 수도 없이 옮겨 다녔는데 그때마다 선수 출신은 있었던 것 같았다.

"그럼 선배님이 보시기엔 누가 이길 것 같습니까?"

"흠…… 22사단?"

22사단.

대한이 대진표를 보고 가장 놀랐던 곳이었다.

'경계 지역이 워낙 넓어서 병력들을 못 모을 줄 알았더니만.'

22사단은 최전방에 동해안까지 끼고 있는 사단으로서 별들의 무덤이란 별명을 가지고 있을 만큼 병사들은 물론 간부들에게까지 악명이 높은 부대였다.

그런데 그런 곳이 강력한 우승 후보라…….

대한이 고개를 갸웃거리며 물었다.

"선수도 겨우 모을 줄 알았는데 잘하기까지 합니까?"

"다른 건 몰라도 일단 체력이 미쳤어. 너 오늘 행사 일정 확인했지?"

"예, 당연히 확인했죠."

"거기서 이상한 거 못 느꼈어?"

"음, 딱히?"

"준결승 2차전 끝나고 쉬는 시간 몇 분이냐?"

"20분이었던 것 같은데…… 설마 22사단이 쉴 필요 없다고 했습니까?"

"어, 순서 때문에 고민하고 있었는데 22사단이 본인들이 뒤에 하고 결승전도 바로 치른다고 하더라고."

"미친."

다른 스포츠들도 마찬가지겠지만 축구는 그 어떤 스포츠들보다 체력이 중요한 스포츠였다.

'1주일에 한 번꼴로 경기가 있는데 이유가 있지.'

한 경기를 치르면 그만큼 회복할 시간 많이 필요하단 말이었다.

그런데 연달아 경기를 치른다니.

대한이 이해가 안 된다는 듯 물었다.

"쉬는 시간 많이 못 주는 상황입니까?"

"아니, 그 정도는 충분히 여유 있지."

"근데 왜 그럽니까?"

"체력이 미쳤다니까. 준결승 한 경기는 몸풀기에 딱 좋다더라."

"와, 이건 준결승 상대는 물론 우리까지 무시하는 건데……."

"경기 한번 봐봐. 내가 괜히 미쳤다고 하는 게 아니야."

안유빈은 대한의 반응이 재미있는지 그를 경기장으로 이끌었고 경기를 지켜보던 대한은 점점 당황스러운 표정을 짓기 시작했다.

'저게 말이 된다고?'

22사단의 전반전을 끝까지 본 대한은 서둘러 막사로 이동했다.

그리고 쉬고 있는 양준규를 불러 물었다.

"준규야. 원래 공격할 때 센터백들이 어디까지 올라가냐?"

"센터백은 많이 가 봤자 하프라인 아니겠습니까?"

"그것보다 많이 간다고 하면?"

"어…… 후반전 추가 시간 때 아니고서야 그 이상 올라가는 건 리스크가 너무 큽니다. 그건 갑자기 왜 물어보십니까?"

"……우리 상대편 전원이 미친놈들인 것 같다."

대한은 22사단 경기를 보고 큰 충격을 받았다.

그도 그럴 것이 공격시에 상대편 공격수를 전담 마크 하는 인원을 제외한 모든 인원이 공격을 하고 있었으니까.

역습은 걱정도 하지 않는 것 같았다.

'걱정 안 하는 게 아니라 어떻게든 마무리를 짓고 내려왔지.'

반칙으로 역습을 끊던지 슈팅으로 연결해서 라인 아웃을 시키고 수비로 복귀했다.

한 골이 중요한 스포츠이기에 그들의 전략을 이해할 순 있었다.

하지만 그걸 전반 내내 하는 건 그야말로 신기에 가까운 일.

대한은 경기 내용을 양준규에게 설명했고 양준규가 심각한 표정으로 답했다.

"……그럼 어떻게든 공간이 만들어지긴 하겠습니다."

"어, 내가 2명을 맡을 순 없으니까."

미드필더 3명, 수비수 1명, 그리고 골키퍼.

이들을 제외한 모든 팀원들이 상대편 골대 근처에서 뛰어다녔다.

선수 출신이라던 미드필더는 공을 돌리다 가장 가능성 높아 보이는 공격수에게 패스를 툭 찔러 주기만 했다.

상대도 체력이 좋은 편이라 쉴 없이 뛰어다니며 수비를 했지만 그들의 방법에 속수무책으로 당했고 전반전에만 2실점을 했다.

양준규는 잠시 고민하더니 이내 자리에서 일어나며 말했다.

"일단 저도 보긴 봐야 할 것 같습니다. 감독님도 모시고 가시죠."

"감독님은 경기 안 보신다던데?"

우종혁은 경기 중에 지시해도 충분하다며 사전에 경기를 잘 보지 않았다.

처음엔 그의 말에 공감할 수 없었지만 그를 옆에서 보니 왜 그런 생각을 가지고 있는지 이해할 수 있었다.

'상대도 자신들의 약점을 이미 알고 있다.'

쉽게 말해 약점을 공략하는 상대에 대한 대비도 이미 되어 있다는 것. 그렇기에 우종혁은 모든 상황에 대처할 수 있는 훌륭한 선수들을 키우는 데에 집중했다.

양준규도 이 사실을 알고 있었지만 고개를 내저으며 말했다.

"그래도 과장님이 말씀하신 대로라면 보긴 봐야 합니다. 이 대로라면 경기 시작 전에 포메이션부터 바꿔야 할 판입니다."

대한이 고개를 끄덕이며 대답을 대신했고 얼마 뒤, 우종혁을 데리고 경기장으로 이동했다.

그러자 우종혁은 두 사람을 귀엽다는 듯 바라보며 말했다.

"어차피 공병단이 이길 건데 봐서 뭐합니까? 에이스 컨디션 찾았다면서요."

"그래도 딱 10분만 보십쇼. 보시면 그런 소리 안 나오실 겁니다."

"아이구 걱정은."

대한의 진지한 목소리에 우종혁은 억지로 고개를 끄덕였고 얼마 뒤 시작된 후반전을 지켜보던 우종혁은 시간이 지날수록 표정이 점점 굳어져 갔다.

"이게 무슨……."

"아직도 같은 생각이십니까?"

"이젠…… 반반 정도?"

"와, 아직도 반이나 됩니까?"

"참 긍정적인 분이시네. 물이 반이나 남은 게 아니라 반밖에 안 남은 겁니다."

"하하, 일단 전 2명은 못 막습니다."

"압니다, 저도 안 될 것 같은 건 안 시켜요."

우종혁은 경기를 가만히 지켜보더니 대한에게 한 선수를 가리키며 말했다.

　　"저기 7번이랑 10번을 중위님이랑 이 대위님이 경기 내내 따라다니세요."

　　"그럼 저희 포지션이 미드필더가 되는 겁니까?"

　　"패스가 형편없으니 미드필더라고 하기에는 좀 그렇고……그냥 7번이랑 10번이 포지션이라고 생각하세요. 그냥 따라다니면서 공만 못 잡게 하면 됩니다."

　　"그럼 수비는 누가 합니까."

　　"저 둘한테 공 안 가면 수비할 일 없으니까 그건 걱정 안 하셔도 됩니다."

　　"흠, 그럼 저희 둘 중 하나라도 실수하면 골 먹힌다는 말씀이십니까?"

　　"아마도?"

　　"그럼 그냥 수비를 하는 게 낫지 않습니까?"

　　"수비로 가는 순간 골 계속 먹힐 겁니다."

　　대한은 잠시 경기를 지켜보고는 우종혁의 지시를 이해했다.

　　"저 둘만 전방으로 패스하네요."

　　"예, 보시면 알겠지만 공격수들 슈팅도 형편없습니다. 그냥 슈팅 숫자로 골을 만드는 스타일인 거죠. 그러니 슈팅을 안 주면 승부차기는 갈 거고 혹시라도 운이 좋아서 준규한테 찬스 생기면 정규 시간 안에는 승리할 겁니다."

대한과 양준규는 보러 오길 잘했다 생각하며 고개를 끄덕였다.

그때, 누군가 뒤에서 말을 걸었다.

"축구 감독은 확실히 다르네요."

누구지?

대한은 고개를 돌렸다가 화들짝 놀라며 얼른 경례를 올렸다.

"추, 충성!!"

"됐다. 네가 경례하면 나한테 경례 안 했던 사람들이 뭐가 되겠냐. 그리고 오늘 같은 날에는 아는 사이 아니면 목례로 대신해도 괜찮다."

오늘 같은 행사에서는 편하게 하란 말.

하지만 그것도 상대를 봐 가면서 편하게 할 수 있는 것 아니겠나.

'어떤 미친놈이 소장한테 목례를 해?'

대한이 고개를 돌려 본 사람.

다름 아닌 소장이었다.

소장의 말에 대한이 목청껏 대답했다.

"예, 알겠습니다!"

그러자 소장이 피식 웃으며 말했다.

"자식, 지훈이한테 들었던 거랑 똑같네. 좀 놀려 먹으려고 했더니만 안 걸리는구나?"

그래.

그럼 그렇지.

군대에선 항상 조심해야 한다.

언제 어디서 부비트랩이 터질지 몰랐으니까.

그나저나 지훈이면 추지훈?

대한은 머릿속으로 눈알을 굴리던 끝에 조심스럽게 물었다.

"혹시 국방부 정책기획관님이랑 동기십니까?"

"내가 그렇게 늙어 보여?"

"……잘못 들었습니다?"

"정책기획관이랑 내가 나이가 같아 보이냐고."

오, 신이시여.

왜 자꾸 저를 시험에 들게 하십니까.

하지만 호랑이한테 물려도 정신만 바짝 차리면 산다고 대한
이 두뇌를 회전시키며 대답했다.

"정책기획관님께선 1차 진급만 하셨는데 편하게 말씀하시길
래 동기라고 생각했습니다. 외모로 판단한 건 절대 아닙니다."

아무리 장군쯤 되면 다들 친구 먹는다지만 후배가 선배 이
름을 막 부르진 않잖아?

그 말에 소장이 고개를 갸웃하며 물었다.

"지훈이가 어떻게 진급한 줄도 알아?"

"예, 알고 있습니다."

"허…… 중위가 소장 뒷조사도 했단 말이지?"

"아, 그런 건 아닙니다. 군번만 봐도 계산이 됐던 것뿐입니

다."

그 말에 소장이 대한을 빤히 쳐다봤다.

왜? 뭐? 뭘 보는데?

그에 질세라 대한도 얼른 눈알을 굴려 소장을 스캔하기 시작했다.

물론 대놓고 훑어볼 순 없어 조심스럽게 시선을 분산시켰다.

그때 그의 어깨에 붙어 있는 부대 마크를 보고 대한의 눈이 화등잔만 하게 커졌다.

그의 어깨에 붙어 있는 마크는 다름 아닌 22사단의 마크로 말인즉, 눈앞의 육준엽 소장은 다름 아닌 22사단의 사단장이었던 것이었다.

대한은 기함했다.

조금 전까지만 해도 22사단 팀을 분석하며 비하 아닌 비하를 하고 있었으니.

대한의 표정이 시시각각으로 변하자 육준엽이 웃으며 손을 내밀었다.

"후후, 놀리는 맛이 있는 놈이라더니 진짜 재밌는 놈이네. 반갑다. 형편없는 공격수들을 데리고 있는 22사단장이다."

미치겠네.

그건 내가 아니라 옆에 있는 저 양반이 한 거라고.

하지만 우종혁은 가만히 있었고 대한이 얼른 육준엽이 내민 손을 잡으며 말했다.

"중위 김대한! 절대 형편없지 않습니다! 아주 훌륭한 팀이라고 생각했습니다!"

"아니던데? 내가 뒤에서 들었는데?"

"그……."

대한은 우종혁을 흘끔 보고는 이내 조용히 한숨을 쉬며 답했다.

"죄송합니다. 말실수를 한 것 같습니다."

"오호……."

육준엽이 흥미롭게 대한을 바라보며 말했다.

"요즘 애들답지 않게 전우애도 넘치는구나. 그나저나 저분은 누구시냐? 군인은 아닌 것 같은데?"

"오늘만 특별히 저희 팀 감독을 맡아 주러 오신 분입니다. 현재는 대학 팀 감독을 맡고 계십니다."

"어쩐지. 핵심 선수들을 한 번에 파악하시더라니."

"계신지 모르고 저희끼리 너무 크게 이야기한 것 같습니다."

"아냐, 덕분에 더 재미있게 봤어. 공병단이 어떻게 나올 줄도 대충 알겠고."

이걸 이렇게 들키네…….

대한은 좌절했다.

'간부들을 최대한 살피면서 왔는데 하필이면 사단장한테 걸리다니.'

대한이 실책을 겸허히 받아들이고 고개를 끄덕이자 육준엽이 재밌다는 듯 물었다.

"졌다고 인정하는 거야?"

"아닙니다. 그건 승부가 끝나 봐야 아는 것 아니겠습니까?"

"봐서 알겠지만 우리 미드필더한테 방금 한 말을 해 주기만 해도 잘 피해 다닐 것 같은데?"

"……저도 다 보여 드린 건 아닙니다."

"오호, 이번에도 공중제비 돌 거냐?"

대한은 부끄러움에 얼굴을 들 수가 없었다.

'다 봤구나.'

동쪽 끝에 있는 양반이 뭐가 이렇게 부지런할까.

대한이 대답을 못 하자 육준엽이 큭큭 웃으며 말했다.

"장난이다. 애들한테 안 말하마."

"……그럼 사단이 불리해지는 것 아닙니까?"

"어차피 말해 줘도 약점이 없을 순 없잖냐? 그냥 연습하던 대로 하고 임기응변으로 해결해야지. 안 그렇습니까, 감독님?"

육준엽의 훈련 스타일은 우종혁과 비슷했다.

그렇기에 우종혁도 웃으며 고개를 끄덕였고 그의 웃음에 육준엽이 미소를 지으며 대한에게 말했다.

"그리고 사단장씩이나 돼서 병력들한테 이래라저래라 하는 건 좀 아니지 않냐?"

"……제가 그 정도 위치까지 올라가 본 적이 없어서 잘 모르겠습니다."

"뭐야, 너 소대장 안 해 봤냐?"

"1년 했습니다."

"소대장이나 사단장이나 똑같지 뭐. 소대원들 하나하나 이래라저래라 안 했잖아?"

좀 비교가 될 만한 걸 들이밀어라.

소대원은 많아 봤자 30명인데 사단은 최소 만 명이잖아.

대한은 머리를 굴렸다.

육준엽의 질문 스타일을 봤을 때 여기서 동의했다간 또 농락당할 게 분명했다.

상대는 말 속에 부비트랩을 감추는 달인이니까.

대한이 조심스레 대답했다.

"그건 그렇습니다만…… 사단장님 주위에는 굳이 지시를 안 해도 알아서 잘하는 유능한 간부들이 많을 것 같긴 합니다."

"흠, 글쎄다. 너 같은 놈은 잘 없는데."

"다들 저보다 뛰어나시지 않습니까."

"내가 봤을 때 너희 공병단에서 네가 제일 뛰어나 보이던데? 저 봐라. 너희 단장은 땀 삐질삐질 흘리고 있고 넌 그늘에서 나랑 이야기하고 있잖냐. 이게 다 네가 뛰어나니까 그런 거 아니겠어?"

대한은 고개를 돌려 육준엽이 바라보고 있는 곳을 확인했고 그곳에는 이원영이 손에 상자 하나를 든 채 땀을 뻘뻘 흘리고 있었다.

'아니 저 양반은 여기까지 와서 뭐 하고 있는 거야?'

대한이 양준규에게 눈빛을 보냈고 양준규가 서둘러 이원영에게 달려갔다.

이원영이 들고 있던 상자의 정체는 간식 상자였다.

상자 속 내용물을 본 대한이 속으로 한탄을 금치 못 했다.

'우리 부대의 왕이 여기선 시종이라니.'

이원영이 공병단에서야 왕이었지 밖에 나와서는 아니었다.

물론 짬 대우를 안 해 주는 건 아니지만 그게 직속 선배 앞에선 무슨 소용이랴.

이윽고 사람들에게 음료수를 돌리던 이원영이 육준엽의 호출에 얼른 다가와 옆에 섰다.

"젊긴 젊구만, 상자 들고 간식도 다 돌리고."

"하하, 체력 단련을 쉬지 않고 하고 있습니다."

"좋은 자세야. 그래야 후배답지. 군인이 체력 안 좋으면 그게 군인이냐? 안 그래?"

"예, 그렇습니다. 군인의 기본은 체력이라 생각합니다."

"그래, 그게 맞지. 더운데 고생했다. 너도 한잔해라."

"감사합니다, 사단장님."

"선배라고 하라니까. 자꾸 거리 둘래?"

육준엽의 지적에 이원영이 어색하게 웃으며 대답했다.

"하하…… 예. 정정하겠습니다. 선배님."

아무리 이원영이라도 선배라는 호칭이 쉽게 나오진 않는 모양.

하긴 기수나 나이 차이가 얼만데…….

그때 육준엽이 씩 웃으며 말했다.

"근데 그거 아냐? 너 없는 동안 김 중위가 우리 부대 애들이 형편없다고 하더라고."

그 말에 이원영의 눈이 동그랗게 커졌고 놀란 대한이 서둘러 대답했다.

"저, 절대 아닙니다. 부대 애들이 아니라 사단 공격수들을 말한 거고 심지어 그 말도 제가 한 게 아니라 감독님이 말한 겁니다."

대한의 대답에 이원영도 얼른 상황 파악을 끝마쳤다.

그리고 잠시 머릿속으로 눈알을 굴리더니 전혀 생각지도 못한 대답을 내놓았다.

"흠흠, 선배님. 적에게 예의를 차릴 필요는 없다고 생각합니다."

"적? 지금 우리 사단한테 적이라고 했냐?"

"축구 경기에 한해서 말씀드리는 겁니다."

"이야…… 아무리 내가 생도 때 못 본 후배라지만 선배의 무서움을 아직 모르는가 보네. 어이, 김 중위. 어떻게 생각해?"

육준엽의 물음에 대한도 머리를 굴렸다.

그래.

언제까지고 휘둘릴 생각은 없다는 거지?

그건 나도 동의.

대한이 말했다.

"단장의 말이 맞다고 생각합니다. 사단장님 때문에 어설프게 경기를 한다면 사단장님께서도 마음에 들지 않으실 것이기에 적이라 생각하고 최선을 다 할 것입니다."

대한의 대답에 이원영이 흡족한 미소를 지었다.

그러자 육준엽도 대한을 빤히 바라보더니 이내 웃음을 터뜨렸다.

"그렇지. 그래야지. 군인이 계급에 쫄 면 되나. 귀여운 후배들이구만. 그럼 난 잠시 전화 좀 받고 오마."

두 사람을 데리고 열심히 장난을 치던 육준엽은 이내 전화를 받기 위해 자리를 떴고 그가 사라지자마자 이원영이 대한에게 말했다.

"하, 힘들다. 힘들어."

"원래 아시는 분이십니까?"

"예전에 같은 부대에서 근무했던 적이 있다. 그때 안면을 텄었지."

"아, 그래서 잡혀 계셨구나."

아무리 육사 후배라 할지라도 생도 생활을 같이 안 했다면 이렇게 부리기는 힘들었다.

나이 차는 물론 계급차도 있었기에 굳이 건드리지 않는 것.

그도 그럴 게 친한 척 해 봤자 좋은 소리 못 들을 게 뻔하니까.

'좋은 소리 들으려면 작든 크든 일단 도움을 줘야 될 텐데 이런 자리에서 이원영에게 어떤 도움을 줄 수 있을까.'

그리고 군에서 별들이 가장 많이 추락한다는 사단장이 후배 챙길 정신이 어디 있겠는가.

본인 자리부터 잘 챙겨야지.

대한이 이원영을 안타깝게 바라보자 이원영이 말했다.

"근데 너 아니었으면 나도 안 잡혀 있었을 거다."

"여기서 제가 왜……?"

"대침투 관련해서 계속 여쭤보시더라."

"특공여단이랑 한 것 때문에 그런 겁니까?"

"그래, 하필 특공여단을 이겨서 관심이 엄청나셔."

22사단에게 일어난 사고들 중에는 경계 관련된 사고가 많았다.

그렇기에 22사단인 육준엽이 관심을 가지는 게 당연지사.

"작전 관련해서 어떻게 생각했는지 물어보셔서 네가 다 했다고 답변드리니까 그때부터 단장이 뭐 했냐고 하시면서 이것저것 시키시더라."

"아, 그래서 간식 돌리고 계셨습니까? 근데 그냥 말씀드리지 그러셨습니까. 어차피 다 알고 계시지 않습니까."

"내 느낌상 안다고 하면 뭔가 귀찮아질 것 같아. 그러니까 그냥 네가 말해."

이 양반도 참.

그래도 똑똑하긴 했다.

미래에 더 귀찮아질 것보단 지금 잠깐 고생하는 게 더 낫긴 했으니까.

그때, 전화를 마친 육준엽이 돌아왔다.

"갑자기 부대에서 전화가 와 가지고."

육준엽의 말에 이원영이 얼굴을 활짝 피며 물었다.

"무슨 일 있으신 거 아닙니까?"

"……내가 갔으면 하는 표정을 너무 노골적으로 드러내는 거 아니냐?"

"아닙니다. 후배가 선배님께 도움드릴 수 있는 기회가 생긴 것 같아 기뻤던 것이 표정에 드러난 것 같습니다."

"말은…… 도움은 네 도움 말고 김 중위 도움이 더 필요하지."

육준엽이 대한을 향해 물었다.

"대침투 네가 했다며?"

"제가 작전을 세우긴 했습니다만…… 부대원들이 다 잘해 줘서 그런 성과를 낼 수 있었던 겁니다."

"병력들이 잘하는 건 당연하지만 작전을 잘 세우는 건 다른 영역이지."

"칭찬해 주셔서 감사합니다. 그런데 제가 세운 작전 자체가 훌륭했다기보단 중간중간 적들을 포로로 잡았던 것이 큰 역할

을 했습니다. 그들에게 얻은 정보로 임기응변을 잘했기에 그런
결과를 낼 수 있었습니다."

"임기응변으로 특공여단을 이겼다…… 특공여단을 너무
무시하는 것 아니냐? 특공여단이 임기응변으로 무너질 곳이
아닌데?"

육준엽의 말도 일리가 있었다.

하지만 대한이 뭐라고 특공여단을 무시하겠는가.

특공여단에 악감정을 가진 것도 아니고 그럴 필요가 없었
다.

'근데 이 양반이 지금 공병 무시하는 거야?'

말 자체는 칭찬이었으나 그 안에 담긴 뉘앙스가 묘하게 좀
그랬다.

공병단은 특공여단을 이길 수 없을 것이라는 그런 뉘앙스.

대한은 그의 선입견을 깨 버리고 싶었다.

그렇기에 겸손 떨던 것을 멈추고 말했다.

"사실 저희 부대가 상대하기엔 너무 약했습니다."

"……뭐?"

대한의 갑작스러운 도발에 육준엽이 놀랐다.

이원영은 더 놀라서 조용히 대한을 툭 쳤다.

근데 뭐?

저걸 듣고도 가만있으라고?

대한이 이원영에게 광기어린 눈빛을 보내자 대한의 뜻을 파

약한 이원영이 조용히 한숨을 삼키며 고개를 저었다.

육준엽이 황당함에 웃으며 물었다.

"특공여단이 약하다고?"

"예, 전혀 어렵지 않았습니다. 특공여단의 전술 또한 모두 예상 범위 안이었고 포로를 잡지 않았더라도 충분히 이겼을 겁니다."

대한의 대답에 육준엽은 더더욱 어이가 없다는 듯 말했다.

"내 군 생활 중에 특공여단이 약하다는 말을 들을 거라고 상상도 못 했다."

"제가 다른 부대를 가 보지 못해 객관적으로 말씀드릴 순 없지만 저희 공병단이 강한 것 같습니다."

어딜 무시하고 있어?

대한은 속이 다 후련했다.

그러자 육준엽이 잠시 놀라는 듯하더니 이내 피식 웃으며 말했다.

"단장이 말하기론 부대는 평범한데 네가 작전을 잘 세워서 이겼다고 했거든? 그럼 네가 부대의 전력을 뛰어나게 만든다는 말이네?"

"그쪽으로 해석한다면 그럴 수도 있겠지만 제가 말씀드린 건 부대 전체의 전투력을 말씀드린 겁니다."

"네가 단장보다 부대를 더 잘 보는 건 아닐 거 아냐."

"……그렇습니다?"

"그럼 내 말이 맞네."

"……예, 그렇습니다."

뭔가 좀 말린 기분인데?

그래도 후회는 없었다.

공병 병과를 선택한 대한이 언제 이렇게 병과가 강하다고 이야기를 할 수 있을까.

아마 대한이 대장이 되기 전까진 다시없을 기회였다.

그도 그럴 것이 공병은 어딜 가나 무시받는 병과였으니까.

'사단 작전회의에 끼지도 못하지.'

전투병과에 속하는 공병이었지만 실상 부대 작전에서 전투병력으로 포함되기 힘들었다.

대부분의 작전은 보병, 포병, 기갑을 중심으로 흘러갔고 공병은 작전을 지원해 주는 형태로 존재했으니까.

그래서 이번 기회에 한을 풀듯 도발한 것.

육준엽이 대한을 지긋이 바라보며 말했다.

"어디서 나오는 자신감인지 모르겠지만 아주 마음에 드는구나."

"감사합니다."

"지금 맡고 있는 직책이 뭐지?"

"대대 인사과장입니다."

"그럼 시간 많겠네."

시간이 많다니?

이 양반은 무시가 일상인 건가.

대한은 슬슬 육준엽이 마음에 들지 않았다.

'하여튼 옛날 군인 아니랄까 봐.'

작전이나 정보가 아니면 다 한가한 줄 아는 듯했다.

대한이 대답했다.

"제가 경험이 없어서 그런지 모르겠으나 시간적으로 여유 있는 곳인지는 잘 모르겠습니다."

"나보단 안 바쁘잖아?"

"……예, 그렇습니다."

"그럼 나 좀 도와줘라."

갑자기?

왜 또 이야기가 그렇게 되는데?

대한이 놀라며 물었다.

"제가 사단장님을 도울 수 있습니까?"

"당연히 있지. 네가 나보다 잘하는 게 있는데."

"제가 말입니까?"

"어, 난 공병단으로 특공여단 못 이기거든."

대한은 육준엽이 본인을 놀리는 것인가 싶었다.

하지만 그의 얼굴에 웃음기는 싹 사라져 있었고 오늘 본 모습 중에 가장 진지한 모습이었다.

대한이 조심스럽게 물었다.

"정확히 뭘 도와드리면 되는 겁니까?"

"우리 사단이 경계를 잘하고 있는지 확인해 줘."

"……사단의 경계를 침투해 보라는 말씀이십니까?"

"침투도 자신 있냐?"

"자신 없는 건 아니지만……."

"그럼 경계를 침투해서 사단으로 방문해라. 그리고 우리 사단이 경계를 잘 서고 있는지 확인해서 수정까지 해 주고."

하.

대한은 순간 눈앞이 아찔해졌다.

육준엽의 부탁에 대한은 당황할 수밖에 없었다.

'후방에 한적한 부대면 몰라도 내가 사단 경계를 어떻게 수정해?'

육준엽이 물었다.

"김 중위 좀 빌려간다?"

"예, 선배님. 얼마든지 빌려 가십쇼."

이렇게 빨리 팔아 버린다고?

그러나 이원영에겐 이게 최선이었다.

그래야 빨리 현 상황을 벗어날 수 있을 테니까.

대한은 약간의 배신감을 느끼며 뒤늦게라도 달아날 방도를 궁리했다.

내 직속상관은 박희재라고 하고 튕길까?

아니, 그럴 순 없다.

그러면 이원영을 무시하는 꼴이 되니까.

그때 육준엽이 히죽 웃으며 대한에게 물었다.

"단장이 허락했으니 상관없지? 언제 올 거냐?"

친절도 하셔라.

대한이 잠시 고민하고는 답했다.

"그…… 혹시 급하신 겁니까?"

"급하진 않은데 꼭 필요한 것이지."

"그럼 계획하고 있던 것만 마무리하고 가면 안 되겠습니까?"

"좋아, 군인이 책임감이 있어야지. 나도 일 다 내팽개치고 오란 건 아니었다. 그럼 언제 올 건지만 연락해라."

대한은 머릿속으로 날짜를 계산하다가 문득 한 가지 생각이 떠올랐다.

어, 이거 어쩌면……?

대한이 웃으며 말했다.

"그럼 10월 중으로 방문하겠습니다."

"……응?"

나중에 스케줄 보고 천천히 연락하라는 거였는데 이렇게 빨리?

그러나 대한은 이왕 맞기로 한 매, 요령껏 맞기로 했다.

"예하부대가 경계를 잘 서고 있는지 궁금하신 것 아니십니까?"

"……그렇지?"

"그러면 제가 불시에 방문하는 것이 사단장님께 가장 좋은 일 아니겠습니까. 겸사겸사 제 침투 능력 또한 보여 드리겠습니다. 침투를 잘해야 대침투도 잘하는 거 아니겠습니까?"

육준엽은 대한의 말에 고개를 끄덕일 수밖에 없었다.

"사단 경계를 봐 달라고 부르는 건데 사단 경계를 뚫을 순 있어야지. 그래도 오는 날은 알려 줘야 내가 시간을 비워 놓지."

"사단장님 시간은 제가 비워 드리겠습니다."

"내 시간을 네가 어떻게 비운다는 말이냐?"

"제가 침투에 성공하는 순간 사단 전 간부들 일정이 조절되지 않겠습니까?"

다른 곳도 아닌 22사단이었다.

경계에 소홀하지 않기 위해 하루 종일 노력한다.

그런 곳에 경계가 뚫린다?

아무리 대한이 육준엽의 부탁받고 온 것이라 해도 부대가 조용할 리 없었다.

사단장의 일정?

그런 게 중요할까.

대한이 아니라 다른 그 어떤 인물이 침투에 성공했더라도 사단에 줄초상 나는 건 시간문제였다.

대한의 말에 육준엽이 피식 웃으며 말했다.

"맞네. 만약 성공한다면 아주 난리가 나겠어."

"성공 못 할 것 같으면 연락드리고 사단장님 시간 빌 때까지 기다리겠습니다."

"만약 잡힌다면?"

"그럼 저한테 사단의 경계를 봐 달라고 하신 걸 다시 생각해 보셔야 하지 않겠습니까?"

육준엽이 잠시 고민하고는 답했다.

"좋다. 10월 중에 오는 것으로 알고 있겠다."

"예, 그때 뵙겠습니다."

"네가 어떤 식으로 얼굴을 비출지 기대되는구나."

"분명 반가우실 겁니다."

"하하, 그래야지. 그나저나 누가 이기고 있나?"

육준엽은 그제서야 본인의 팀이 경기 중이란 걸 떠올리고 경기장을 보았다.

그러자 조금 떨어져 있던 곳에서 세 사람의 이야기를 흥미롭게 듣고 있던 우종혁이 답했다.

"22사단이 압도적으로 이기고 있습니다."

"아, 그래요? 혹시 결과가 바뀔 것 같습니까?"

"끝날 때까지 모르는 것이 축구이긴 하지만 이번 경기는 이미 결과가 정해진 것 같습니다."

"감독님이 그렇게 말씀하시면 더 볼 필요 없겠네요."

육준엽이 흐뭇하게 웃고는 이원영에게 말했다.

"좀 있다 경기할 때 보자. 사단에서 계속 전화가 오네."

"예, 선배님."

이윽고 육준엽이 전화를 받으며 자리를 떴고 그가 떠나자마자 대한이 섭섭하다는 듯 이원영에게 말했다.

"저 너무 빨리 팔아넘기신 거 아닙니까?"

"미안하다. 고민해 봤는데 선택지가 없더라."

"고민을…… 하셨었습니까?"

그 찰나에 고민을 했다고?

믿기진 않았지만 선택지가 없다는 말에 고개를 끄덕일 수밖에 없었다.

'중위 하나 없다고 부대 안 돌아가는 것도 아니고 날 못 보낼 이유가 없긴 하지.'

그나저나 이제 좀 조용해지나 했더니 축구 대회 와서 또 일이 생기네.

머리가 아팠다.

그것도 아주 골치 아픈 일.

이원영이 대한의 눈치를 살피며 물었다.

"근데 진짜로 침투할 거냐?"

"해야 하지 않겠습니까? 다른 사람도 아니고 사단장님께 약속드린 건데 말입니다."

"후…… 그냥 지금이라도 그냥 간다고 하지 그러냐?"

대한은 잠시 고민하더니 고개를 저었다.

"아닙니다. 그냥은 못 갑니다."

좀 귀찮긴 해도 이건 기회였다.

특공여단에 이어 공병단의 이미지를 새로 구축할.

그리고 이번 작전마저 성공하면 다른 상급자들이 두 번 다시 함부로 대한을 부르지 못할 것이다.

이원영이 대한의 단호한 대답에 어색하게 웃으며 답했다.

"그, 그래. 준비되면 보고해라."

"혹시나 해서 말씀드리는데 사단장님께 보고하시면 안 됩니다."

"야, 내가 설마 그러겠냐."

"믿겠습니다."

"……걱정하지 마라. 근데 대한아, 침투에 성공은 가능할 것 같냐?"

"실패할 것 같습니까?"

"네가 사단장님한테 자신 있게 이야기한 걸 보니 실패할 것 같지는 않다만…… 그래도 쉬운 건 아니잖냐."

이원영이 대한을 못 믿어서 이런 질문을 하는 게 아니다.

다만 불안할 뿐.

그도 그럴 게 이번엔 아는 곳이 아니라 처음 가 보는 곳이었으니까.

'이제 막 군 생활을 시작한 내가 다른 사단의 예하 부대를 안다고는 생각 못 하겠지.'

이원영의 걱정에 대한이 걱정 말라는 듯 말했다.

"일단 저지르자 생각하고 말한 건 아닙니다. 자신 있으니 걱정 마십쇼."

"흠…… 그래, 항상 결과로 증명해 줬으니 걱정은 안 하겠다만 부대에 복귀하면 내가 따로 22사단 예하부대의 위치를 알려주마. 이왕 하는 거 제대로 성공했으면 좋겠다."

제대로 성공하고 싶은 건 대한도 마찬가지였다.

'사단장이 가만히 있진 않을 것이다. 당장은 아니더라도 10월부터 경계를 강화하겠지.'

조금 전에는 그냥 평소대로 할 것 같았지만 그도 군인인 이상 그냥 놔두지는 않을 터.

못해도 예하부대에게 한마디 말이라도 하겠지.

근데 그게 하필 사단장의 한마디라는 게 문제일 뿐이고 그리 되면 예하부대에선 기를 쓰고 이행하려고 할 터였다.

하지만 이 모든 게 대한의 예상범위 안이었다.

'뚫릴 수밖에 없는 곳을 잘 알고 있지.'

대한이 10년 넘게 군 생활을 하면서 22사단을 모를 리가 없었다.

근무한 경험은 없었지만 방문한 기억은 있었고 침투하기 만만한 곳이라 생각했던 곳이었다.

거기에 이원영이 다른 부대도 알려 준다?

'애초에 실패할 확률이 낮았는데 이젠 실패할 확률이 아예 없다.'

대한이 미소를 지으며 고개를 끄덕였고 이원영이 대한을 격려해 주었다.

잠시 후, 22사단의 경기가 종료되었다.

결과는 5 대 0.

경기의 결과는 바뀌지 않았고 우종혁이 심각한 표정으로 대한에게 말했다.

"선수들 데리고 오시죠."

"예, 알겠습니다."

대한은 서둘러 쉬고 있던 병력들을 데리고 경기장으로 이동했다.

결승전까지 얼마 남지 않은 상황에 우종혁이 22사단의 전술에 맞춰 공병단의 전술을 싹 다 바꾸었다.

가장 크게 바뀐 건 대한과 이영훈이었는데 포지션을 들은 이영훈이 대한에게 조용히 물었다.

"야, 대한아. 우리 역할이 이게 맞냐?"

"실수만 안 하면 됩니다."

"국가대표도 하는 실수를 내가 어떻게 안 해?"

"그래도 중대장님은 잘하시는 거 있지 않습니까."

"내가 잘하는 게 뭔데?"

"반칙 잘하시지 않습니까."

대한의 대답에 이영훈이 황당하다는 듯 말했다.

"……넌 날 대체 어떻게 보고 있었던 거냐."

"투쟁심 넘치는 중원의 마에스트로, 승부사로 보고 있었습니다만."

대한의 대답에 이원영이 고개를 내젓고는 물었다.

"근데 반칙으로 끊는다고 치자, 그러다가 퇴장이라도 당하면 그땐 어떻게 하려고?"

"설마 전반전 안에 퇴장당하겠습니까."

"퇴장 시간이 중요한 게 아니잖아. 나 나가는 순간 10명이서 뛰어야 할 텐데 더 위험한 거 아냐?"

"공격에서 좀 빼면 됩니다. 어차피 준규 혼자 알아서 할 겁니다."

"그건 그렇긴 한데…… 감독님도 동의한 사항이나?"

"아마 감독님도 똑같이 답하실 겁니다."

대한은 확신할 수 있었다.

우종혁 또한 같이 경기를 봤으니까.

'반칙으로라도 끊을 수 있으면 다행이다.'

이영훈에게 안 되면 반칙으로라도 끊으라고 한 대한이었지만 본인 또한 실력으로 막을 자신은 없었다.

그래서 대한도 상황을 봐 가며 반칙까지 불사할 생각.

'치사하긴 하지만 결승전이잖아.'

가지고 있는 모든 걸 쏟아 내야 했다.

이영훈이 우종혁에게 다녀오더니 황당한 투로 말했다.

"퇴장당해도 상관없으니까 어떻게든 막으라고만 하시네."

"감독님도 경기를 보셨으니까 그렇게 말씀하시는 겁니다."

"그렇게 잘해?"

"왜 군대에 있는지 의문일 정도입니다."

"그 정도란 말이지⋯⋯."

"들어서 아시겠지만 저희가 공병단 전술의 핵심입니다. 파이팅 한번 하시죠."

대한은 이원영과 하이파이브를 하고 몸을 풀었다.

그리고 잠시 후, 진행석에서 선수들을 호출했고 이내 결승전이 시작되었다.

✳

경기가 시작됐다.

그리고 시간이 지날수록 육준엽 옆에선 이원영은 부끄러움에 고개를 들지 못했다.

육준엽이 조용히 경기를 지켜보다 이원영에게 말했다.

"⋯⋯이건 내가 아는 축구가 아닌데?"

"⋯⋯저도 처음 봅니다."

"너 설마 여태 이런 식으로 해서 올라온 건 아니지?"

"⋯⋯절대 아닙니다."

"그런 것치곤 경기 스타일이 너무 더러운데? 무슨 소림 축구냐?"

"⋯⋯."

이원영은 할 말을 잃었다.

육준엽이 말하는 플레이어들은 대한과 이영훈이었으니까.

두 사람은 사전에 다짐한대로 에이스 두 사람을 그림자처럼 따라다니며 틈만 나면 파울을 해댔다.

덕분에 심판은 휘슬을 부느라 바빴고 경기는 결승전이라고 볼 수 없을 만큼 재미가 없었다.

육준엽이 중얼거렸다.

"아무리 군대 축구라지만 이건 아무리 봐도……."

그 말에 이원영이 얼른 소리쳤다.

"자, 잘한다! 승부차기 가자!"

어떻게든 대화를 이어 나가면 안 됐다.

이번 대화는 할수록 자기한테 불리했으니까.

게다가 자신의 옆엔 팔아먹을 대한이도 없다.

그쯤 에이스를 뒤쫓던 대한이 숨을 헐떡이며 이영훈에게 물었다.

"허억, 허억…… 중대장님, 체력 괜찮으십니까?"

"우웨엑……! 하…… 괜찮아…… 아니, 안 괜찮아……."

"……방송 나가는 겁니다. 토하시면 안 됩니다."

"아이씨…… 아까 음료수를 너무 많이 먹었나, 속이 너무 안 좋은데……."

이영훈은 연신 헛구역질을 하며 상대 미드필더를 쫓았다.

그렇게 5분이 지났을 무렵, 이영훈이 우종혁에게 교체 사인을 보냈다.

한계에 다다른 것.

허나 우종혁은 단호하게 고개를 내저었다.

너 아니면 누가 뛰어?

딱 그런 눈빛.

이영훈은 원망스러운 눈빛으로 우종혁을 바라보다 이내 경기에 집중했다.

그때, 이영훈이 마크하고 있던 미드필더가 공을 잡았고 그대로 이영훈을 제쳐 버렸다.

"중대장님!"

"아, 몰라!"

이영훈은 소리를 지르며 그대로 백태클을 걸었다.

그리고.

"끄아아아악!!"

이내 경기장에는 비명이 울려 퍼졌다.

이영훈의 태클에 당한 상대 미드필더가 쓰러졌다.

그는 고통에 신음하며 바닥에서 일어나지도 못했다.

그 과격한 상황에 대한이 당황한 표정으로 다가와 말했다.

"이, 이건 좀 심한 거 아닙니까?"

"……잘못 들어갔다. 분명 공을 노렸는데 애가 너무 빨랐어."

"빨리 괜찮은지 확인해 보십쇼."

대한과 이영훈은 다급히 미드필더의 상태를 살폈다.

그는 잔뜩 인상을 쓴 채 고통스러워하는 중이었는데 아무래도 제대로 다친 듯했다.

'아…….'

22사단의 미드필더는 무릎을 잡은 채 몸을 바들바들 떨었다.

대한이 서둘러 군의관을 불렀고 군의관이 선수를 확인하고 있을 때 심판이 이영훈에게 레드카드를 들이밀며 말했다.

"이건 못 봐드립니다."

"……예, 알고 있습니다."

태클을 시도한 순간 레드카드를 예상하고 있었다.

이영훈은 군말 없이 경기장 밖으로 향했고 우종혁이 이마를 짚은 채 고민하기 시작했다.

'큰일 났네.'

이영훈이 빠졌다.

대체할 선수가 없다.

벤치에 후보는 있었지만 녀석들이 이영훈만큼 해낼 수 있을까?

우종혁은 준우승을 예상하며 인상을 좁혔다.

'어쩔 수 없지.'

아쉽지만 어쩌겠나.

그렇게 마음을 정리하고 있을 무렵, 선수의 상태를 살피던 군의관이 손을 내저었다.

"바로 병원 가 봐야 할 것 같습니다. 교체하십쇼."

22사단 최고 전력이 빠지게 되었다.

그 소식을 들은 우종혁의 눈이 커졌다.

그러네.

관점을 달리 하면 이영훈과 저쪽 에이스를 맞바꾼 것이다.

그래서일까?

양 팀 선수들의 표정이 극적으로 갈렸다.

공병단은 희열이, 22사단 쪽은 안색이 어두워졌다.

이윽고 양 팀의 교체 선수들이 들어왔다.

공병단의 교체 선수는 다름 아닌 현정국.

현정국이 들어오는 걸 보고 대한은 걱정했다.

하지만 현정국을 투입시키기 전, 우종혁은 당부에 당부를 거듭했고 현정국도 이번만큼은 독단 행동을 삼가기로 했다.

현정국이 비장한 표정으로 경기장에 들어오며 말했다.

"공 나한테 몰아. 내가 패스 뿌릴 테니까."

평소라면 또 허세 부린다며 생각했겠지만 결승전이라서 그런 걸까?

이번엔 그 허세가 자신감으로 보여 굉장히 든든하게 느껴졌다.

'긴장 안 하는 게 오히려 낫지.'

대한이 말했다.

"작전장교님, 이 친구 저 혼자 위험하니까 커버해 주십쇼."

"고생했다. 이제 나만 믿어라."

경기가 다시 시작되기 전, 대한은 이영훈이 있는 쪽을 바라 봤다.

이영훈은 미안한 표정으로 선수의 상태를 지켜보고 있었는 데 그러다 선수와 함께 병원으로 향하는 차에 탑승했다.

'많이 안 다쳐야 할 텐데.'

아무리 경기가 중요해도 일부러 다치게 할 생각은 없었다.

반칙과 부상을 입히는 건 다른 영역이니까.

그렇기에 이번 사고도 절대 일부러 다치게 한 것이 아니었 다.

다만 서로의 실력 차가 워낙 컸기에 난 사고일 뿐.

대한도 경기가 끝나자마자 병원으로 이동해 선수를 확인해 볼 생각이었다.

잠시 후, 경기가 다시 시작되었고 대한은 곧장 이영훈의 빈 자리를 느낄 수밖에 없었다.

'그럼 그렇지.'

제 버릇 남 못 준다고, 현정국은 고삐 풀린 망아지처럼 슬슬 공쪽으로 이동하기 시작한 것.

그렇기에 대한이 이제 믿을 수 있는 건 자기 자신뿐이었다.

대한은 이를 꽉 물고 경기장을 뛰어다녔다.

하지만 대한 혼자 수비를 하는 데 한계가 있었고 결국 돌파 를 허용할 수밖에 없었다.

"수비!"

대한이 다급하게 외쳤다.

하지만 대한의 뒤에 있던 수비는 없었다.

제기랄.

이대로 먹히나?

대한이 다급하게 속도를 올려 쫓으려던 그때였다.

누군가 미친 듯이 달려가 대한을 역전하고 상대 선수를 쫓았다.

정우진이었다.

"중대장님!"

응원하듯 외친 목소리에 정우진은 그대로 백태클을 걸어 선수를 저지했다.

덕분에 적 팀 선수의 질주를 막을 순 있었으나 대한은 이내 현실을 깨달았다.

'아, 이러면 백프로 퇴장인데.'

정우진도 안다.

하지만 방법이 없었다.

정우진은 상대 선수가 괜찮다는 걸 확인하고는 그냥 경기장 밖으로 걸어 나갔다.

심판은 경기장을 벗어나는 정우진에게 레드카드를 꺼내 들었다.

이젠 2명이 빠진 상태로 22사단을 상대해야했다.

그나마 다행인 건 상대에게 페널티킥이 아닌 프리킥을 줬다는 것.

거리가 멀어 직접 골을 넣긴 힘들어 보였고 일단 당장 실점은 없을 것 같았다.

'이렇게 된 이상 버티기밖에 없겠네.'

대한이 한숨을 쉬며 벽을 서기 위해 이동했다.

공격수에 있던 양준규가 대한에게 달려와 같이 벽을 서 주며 말했다.

"체력 괜찮으십니까?"

"아니, 전혀. 이제 곧 방전될 것 같다. 넌 이 상황에도 표정이 밝다?"

"하하, 뭐 일단 골 먹힐 만한 기회를 두 번이나 막지 않았습니까."

"넌 참 긍정적이어서 좋겠다. 그나저나 골 좀 넣어 봐. 나 진짜 죽겠다."

"조금만 버텨 주십쇼. 상대 수비들도 점점 움직임이 느려지고 있습니다. 조만간 기회가 생길 겁니다."

공을 제대로 잡은 적이 없던 양준규였지만 공격수 자리에서 가만히 있었던 것만은 아니었다.

계속해서 움직여 주며 수비수들의 힘을 빼놓고 있었다.

그렇기에 대한은 생각했다.

'누가 선제골을 넣을진 모르겠지만 넣는 순간 분위기는 넘어

온다.'

그 선제골의 기회는 22사단에게 먼저 주어졌다.

정우진에게 태클을 당했던 선수가 프리킥을 준비했고 그의 표정에는 미소가 떠나지 않았다..

'멀어서 직접 슈팅은 안 때릴 것 같았는데 자신 있나 보네.'

대한이 골키퍼를 향해 말했다.

"직접 때릴 것 같으니까 집중해."

"예, 과장님!"

"벽 위치는 괜찮아?"

"거기 서 계시면 됩니다!"

이내 심판의 휘슬이 울렸고 킥을 차기 위해 힘차게 달려오기 시작했다.

그때, 경기장 위로 헬기가 날아왔다.

뻐엉!

굉음에 집중력이 흐트러졌는지 상대 선수가 찬 공은 골대가 아닌 헬기를 향해 날아갔다.

대한이 쾌재를 지르며 말했다.

"헬기 나이스!"

"헬기도 저희를 돕는 것 같습니다."

양준규도 미소를 지으며 대한의 말에 맞장구를 쳤다.

"육본에서 경기하는데 헬기 소리 정도는 예상했어야지."

작은 부대에서는 헬기를 볼 기회가 없겠지만 큰 부대는 하루에도 수십 번씩 헬기를 보게 된다.

육군에서 가장 큰 부대에서 경기하는데 헬기 하나 못 볼까.

대한은 지나가는 헬기를 향해 경례했다.

변성인은 웃음을 참으며 대한의 행동을 카메라에 담았다.

그러나 관중석에 있던 육준엽은 이원영에게 날카로운 눈빛을 보내며 말했다.

"김 중위가 원래 저런 스타일이냐? 상대 속을 아주 긁네, 긁어."

"자주 긁기는 하지만 저런 식으로 긁는 건 저도 처음입니다."

"후, 이젠 대답하는 너도 슬슬 마음에 안 든다."

이원영은 육준엽의 반응을 살피며 조용히 주먹을 꽉 쥐었다.

이런 분위기에서 좋은 티라도 냈다간 무슨 험한 말을 들을지 몰랐으니까.

얼마 뒤, 프리킥 이후로 제대로 된 찬스 하나 없이 전반전이 마무리되었다.

대한은 경기장에 그대로 누워 숨을 헐떡였다.

그러자 양준규가 대한에게 손을 내밀며 말했다.

"잘 버텨 주셨습니다. 이제 45분만 더 버티면 됩니다."

"골 좀 넣으라니까. 힘들어 죽겠다고."

"진짜 딱 넣으려고 했는데 전반전이 끝나 버렸습니다. 후반전 시작하자마자 넣어 드리겠습니다."

"못 넣으면 네가 피엑스 쏴라."

"하하, 알겠습니다."

대한은 양준규에게 매달린 채 우종혁 앞으로 이동했다.

우종혁이 선수들에게 물을 나눠 주며 말했다.

"현재 2명이 빠진 상태지만 다들 굉장히 잘해 주고 있다. 상대가 점점 조급해하는 것 같으니까 어떻게든 지금처럼 버텨라. 그리고 현 대위, 내가 수비만 집중하라고 했는데 그게 그렇게 어렵나?"

"……죄송합니다."

"잘하자, 좀."

"옙."

전술 지시 따윈 없었다.

지금 이 경기에 무슨 전술이 있겠나.

2명이 빠진 상황에서 그저 각자 전력을 다할 뿐.

우종혁이 대한에게 다가가 말했다.

"중위님은 잘하고 있습니다."

"감사합니다."

"후반전도 지금처럼 해도 괜찮은데 그래도 가능하다면 패스부터 먼저 끊으세요."

"그게 무슨 말씀이십니까?"

"중위님은 지금 계속 따라다니면서 수비를 하고 있잖아요?"

"예, 맞습니다."

"순서가 잘못 됐다는 겁니다. 상대가 공을 잡고 난 뒤에 수비를 하면 더 지쳐요. 그러니 실패해도 괜찮으니 상대한테 패스가 올 것 같으면 먼저 선수 앞으로 이동하라는 겁니다."

"그건 너무 위험한 거 아닙니까? 실패하면 어떻게 합니까."

"실패하면 여태 했던 것처럼 다시 쫓아가야죠."

대한이 잠시 고민하고는 이내 고개를 끄덕였다.

"한번 해 보겠습니다."

"그게 오히려 체력을 더 아낄 수 있을 겁니다. 그럼 파이팅."

우종혁이 대한의 어깨를 두드려 주며 격려했다.

그때, 관중석 쪽에서 엄청난 경례 소리가 들려왔다.

그 소리에 대한은 물론 선수들 전부 고개를 돌려 관중석 쪽을 바라봤고 대한은 단번에 큰 경례 소리를 이해했다.

참모차장이 온 것이다.

'참모차장이 벌써 왔다고?'

시상식에 맞춰 온다던 참모차장이 경기가 끝나기도 전에 경기장에 도착했다.

참모차장은 관중석에 있던 간부들과 가볍게 인사를 나눈 뒤 그대로 경기장으로 내려왔다.

그리고 22사단의 선수들에게 다가갔다.

눈치를 살피던 대한은 자연스럽게 자리에서 일어나 대열을 갖추었다.

22사단의 선수들과 짧은 인사를 나눈 참모차장은 이내 공병단 선수들에게로 이동했다.

현정국은 참모차장을 바라보며 지휘를 했다.

"부대 차렷! 참모차장님께 대하여……."

"됐어. 쉬어."

"수, 쉬어!"

참모차장이 현정국을 제지한 후 하나하나 악수를 하며 격려
했다.

"대위 현정국!"

"자네가 이 팀 최고참인가?"

"예, 그렇습니다!"

"준결승전에 안 뛴 건 체력 안배를 위한 것이었나?"

"아, 그렇습니다!"

감독에게 선택받지 못한 것뿐이었지만 이 자리에서 그걸 구
구절절 말할 미친놈은 없었다.

근데 저 양반…… 준결승전을 봤나?

'어디서 본 거지?'

이 자리에서 봤을 리는 없었다.

그렇다면 아마 방송에 나온 걸 확인하고 말하는 것일 터.

'관심이 많나 보네.'

그래서일까, 대한은 참모차장이 결승전 전반을 보지 않길
속으로 기도했다.

그도 그럴 것이 그때의 경기는 대한이 생각해도 몹시 추했

으니까.

'어쩌면 방송에 나가는 경기를 그런 식으로 했다가 화를 낼 수도 있다.'

부대까지 행군으로 복귀하라 해도 할 말이 없었다.

대한은 긴장된 상태로 대기했고 이내 참모차장이 대한의 앞에 도착했다.

"중위 김대한!"

"수비가 기가 막히더만? 내가 그 장면 보고 빨리 왔잖아."

엥?

이건 무슨 말이야?

그러나 진짜였다.

시상식 때 오기로 한 참모차장이 빨리 온 이유는 다름 아닌 대한이 때문이었다.

그렇기에 대한은 얼른 대답했다.

"감사합니다!"

"후반전도 기대하마."

"여, 열심히 하겠습니다!"

참모차장은 대한의 어깨를 두드려 주고는 병사들과도 인사를 나누었다.

그리고 관중석으로 이동하기 전, 우종혁을 보며 물었다.

"이분은 누구……."

대한이 재빠르게 설명했다.

"저희 감독님이십니다. 현재 대학교 감독을 맡고 있고 부대와 인연이 있어 도움을 주시고 있습니다."

"아, 그러시구나. 명절에 이렇게 돕기 힘드셨을 텐데 감사합니다. 덕분에 좋은 경기를 보게 됐습니다."

우종혁은 참모총장이 건넨 악수를 당당하게 맞잡으며 답했다.

"좋아서 하는 일입니다. 이제부턴 본격적으로 더 재밌어질 겁니다."

"아, 그래요?"

"예, 후반전에 힘을 다 쏟아부을 예정이거든요."

"하하, 기대하겠습니다."

참모차장이 즐겁게 관중석으로 이동했다.

대한은 참모차장이 떠난 걸 확인하고는 우종혁에게 다가가 말했다.

"감독님, 도대체 왜 그런 말씀을……"

"이렇게 이야기하면 너희들이 미쳐서 할 거 같더라고."

미친…….

우종혁이 선수들에게 광란의 버프를 불어넣는 순간이었다.

우종혁의 바람대로 선수들은 미쳐 날뛰기 시작했다.

다른 사람도 아니고 참모차장에게 한 약속이니 불이행시에 발생할 후폭풍이 두려웠으니까.

대한도 열심히였다.

대한은 참모차장을 생각하는 와중에도 우종혁이 지시한 것을 이행하기 위해 최선을 다했다.

그런데 우종혁의 지시대로 움직이자 확실히 체력 소모가 덜하다는 게 피부로 느껴졌다.

'역시 명장은 명장이야.'

이런 능력이 있으니 감독으로서 수십 년 버틸 수 있는 것이겠지.

대한은 훨씬 더 안정감 있는 수비를 바탕으로 최대한 양준규에게 공을 밀어주었다.

그때, 그 모습을 지켜보던 참모차장이 이원영과 육준엽에게 말했다.

"저 친구 수비가 아주 예술이구만."

"김 대한 중위 말씀하시는 겁니까?"

"이름이 대한이구나. 참 군인다운 이름이네."

"하하, 예. 그렇습니다. 군 생활도 아주 잘하는 친구입니다."

"세레모니도 환상적이던데? 내가 방송 보면서 얼마나 웃었는지 몰라."

"방송에서는 더 재미있게 나왔을 것 같습니다. 저흰 직접 보느라 한 번밖에 못 봐서 아쉽게 생각 중이었습니다."

"나중에 재방송이라도 꼭 봐. 난 우울할 때마다 보려고 생각 중이다. 그런데 공병단 선수가 좀 적은 것 같다? 선수가 부족했어?"

그 말에 이원영이 눈치를 보던 끝에 조심스레 답했다.

"그게…… 실은 전반전에 2명 퇴장당했습니다."

돌려 말할까 생각도 해 봤지만 의미 없는 짓이었다.

어차피 알게 될 거 숨길 필요가 뭐 있겠나.

그래도 참모차장이 어떤 반응을 보일지 걱정은 되었기에 최대한 아무것도 아닌 것처럼 말했다.

그러자 참모차장이 놀라며 물었다.

"……뭐? 왜?"

"그게…… 백태클이 너무 위협적으로 들어갔습니다."

참모차장은 이원영을 어이없다는 듯 바라보고는 웃으며 말했다.

"이야, 내가 그걸 못 봤네. 많이 심했어?"

"처음 당한 친구는 일단 병원으로 이송되었습니다."

"그 정도야? 아무리 결승전이라지만 너무 심한 거 아니야?"

"……죄송합니다. 제가 적당히 하라 했어야 했는데."

"하하, 아니야. 생각해 보니까 적당히 할 수 있는 상황이 아니잖아. 승리를 열망하다 보면 그럴 수도 있지. 괜찮아."

직접 봤으면 그런 소리 안 나왔을 걸.

이원영은 참모차장이 직접 볼까 걱정되었지만 좋은 게 좋은 거라고 일단은 입을 다물었다.

그때, 참모차장이 육준엽을 보며 물었다.

"병원 간 병력은 어떻대?"

"군의관이 말하기로는 무릎에 문제가 있는 것 같다고 했고 조금 전에 막 검사하러 들어갔다고 합니다."

"흠, 혹시라도 많이 다친 거면 나한테 따로 보고해라. 사단 장을 못 믿어서 이러는 게 아니라 육본에서 다친 건데 내가 처리해 줘야 한다고 생각해서 그러는 거니까 너무 기분 나빠하지 말고."

"하하, 아닙니다. 그런 의도로 말씀하셨다는 거 알고 있었습니다."

참모차장과 육준엽은 안면이 있었는지 편히 대화를 했다.

이중에서 긴장하는 건 이원영 하나.

그렇게 후반 추가 시간이 됐다.

현재 양 팀 모두 득점을 하지 못한 상황.

대한이 눈을 좁히며 생각했다.

'승부차기까지 가는 일은 없어야 한다.'

공병단에는 슈팅이 좋은 선수가 많지 않았다.

믿을 건 양준규 하나뿐이었으니까.

대한이 소리쳤다.

"준규야! 제발!"

"예, 알겠습니다!"

양준규도 큰 소리로 대답하며 답답함을 해소했다.

잠시 후, 기회는 22사단에게 먼저 주어졌다.

멀리서 찬 슈팅이 공병단 골키퍼 손을 맞고 아웃이 되었고

22사단은 코너킥을 준비했다.

시간을 최대한 끌며 추가 시간을 녹였고 마지막 공격이라 확신했는지 골키퍼까지 공격에 가담했다.

안 그래도 밀리는 숫자였는데 골키퍼까지 합세하자 수비하는 공병단이 너무 초라해 보였다.

대한은 한숨을 쉬며 전담 마크를 할 선수를 따라다녔고 이내 22사단의 코너킥이 올라왔다.

그때, 22사단의 골키퍼가 높게 뛰어올라 그대로 공에 머리를 맞추었다.

대한은 그 광경을 보며 확신했다.

'졌다.'

골키퍼가 전혀 대비하지 못한 곳으로 공이 날아갔다.

저건 골이다.

제기랄.

여기까지 와서 지는 건가.

그때였다.

"흐아아아!!"

굉음에 가까운 기합과 함께 누군가 뛰어오른다.

현정국이었다.

현정국이 다이빙 헤딩으로 공을 걷어 냈다.

관중석에는 탄식과 동시에 함성이 튀어나왔다.

선수들도 마찬가지였다.

하지만 경기장에 딱 두 사람.

현정국과 양준규만은 그러지 않았다.

대신 악에 가까운 소리를 내질렀다.

"준규야 그냥 차!"

양준규는 현정국이 걷어 낸 공을 잡은 상태였다.

하지만 그의 위치는 중앙선에서도 한참 뒤.

공병단의 골대와 더욱 가까운 곳이었다.

대한은 심판을 바라봤다.

심판은 휘슬을 입에 물고 양준규를 지켜보고 있었고 양준규가 드리블 하는 순간 휘슬을 불어 버릴 터.

양준규도 그걸 알고 있었는지 드리블을 포기하고는 기합을 넣으며 슈팅을 찼다.

뻥!!

거칠게 찬 공은 저 멀리 높게 날았다.

경기장에 있는 선수들은 물론 관중석 인원들 모두 양준규가 찬 공을 숨죽이며 지켜보았다.

상대 팀 골키퍼는 없다.

공격을 위해 골키퍼까지 나온 상황이었으니까.

공은 시간이 멈춘 듯 공이 천천히 날아가는 것처럼 보였고 이내 하늘 높이 떠 있던 공이 경기장에 떨어졌다.

위치가 좋다.

떨어진 공은 거짓말처럼 골대 근처로 떨어졌고 이윽고 몇 번을 튀기더니 앞으로 굴러가기 시작했다.

그걸 본 공병단 선수들이 모두 외치기 시작했다.

"제발!"

"가라!!"

"들어가라!!"

"부탁드립니다. 저 이제 축구 그만하고 싶어요!"

공이 굴러간다.

그런데 갈수록 힘을 잃어 간다.

이대로 멈추는 건가?

모두들 숨죽이며 공을 보았다.

공은 골대와 가까워질수록 속도가 느려지는 듯싶었다.

그리고 멈추었다.

그런데.

"와아아아아아!!"

터지는 환호성.

굴러간 공이 절묘하게 골대 안으로 들어가 멈춰 선 것이었다.

"골!!"

"으아아아아아!!"

그와 동시에 심판의 휘슬이 울렸고 공병단 선수들은 언제 힘들었냐는 듯 미친 듯이 날뛰기 시작했다.

1 대 0.

공병단의 승리였다.

✳

단상에서 시상식 준비가 한창일 때, 기력을 모두 소진한 대한이 운동장에 죽은 듯 널브러졌다.

다른 선수들도 마찬가지.

이원영이 선수들을 위해 음료수를 가지고 오자 선수들이 일어나려 했고 이원영이 선수들을 도로 눕히며 말했다.

"뭘 일어나, 누워 있어. 됐어, 됐어."

"하하, 감사합니다."

"감사는 무슨, 내가 더 감사하지. 그나저나 진짜 고생했다. 진짜 우승할 줄이야."

"제 군 생활 중에 가장 힘든 일이었습니다. 이제 축구랑은 거리를 좀 두려고 합니다."

"하하, 군인이 축구랑 거리 두기가 가능하겠냐!"

하긴.

그 말도 일리가 있긴 하지.

하지만 대회는 두 번 다시 하고 싶지 않았다.

즐기려고 하는 스포츠지 죽으려고 하는 스포츠가 아니었으니까.

그래도 보람은 있었다.

다른 것도 아니고 무려 우승이었으니까.

이원영이 옆에 앉으며 말했다.

"크큭, 그거 아냐? 22사단장님이 엄청 억울해하고 계시는 거? 다음에 또 붙자고 하시던데?"

"한번 이긴 상대랑은 안 한다고 말씀해 주십쇼."

"진짜 그렇게 전달한다?"

"죄송합니다."

"후후, 하지만 좋은 도발인 건 확실하지. 이따 내가 그렇게 말해야겠어."

"제 이름만 팔지 말아 주십쇼."

"후후."

"진짜 파시면 안 됩니다?!"

"후후."

"……진짜 안 됩니다?"

이원영은 끝끝내 대답하지 않았다.

아, 불안하네.

진짜 내 이름 파는 거 아냐?

이윽고 시상식이 시작됐다.

참모차장이 대기 중이라 그런지 시상식 준비는 그리 오래 걸리지 않았다.

덕분에 시상식은 금방 진행되었고 공동 3등을 한 두 부대가 먼저 단상에 올랐다.

두 부대 중 공병단과 붙었던 1사단의 지휘관이 대표로 상을 받았고 1사단장은 단상에서 내려오는 길에 공병단을 바라봤다.

근데 왜 보는 거지?

어이가 없네.

22사단이라면 몰라도 당신네 부대는 우리 못 이겨.

근데 저 양반 시선이 어째 날 보고 있는 것 같네?

기분 탓이 아니었다.

1사단장은 정말로 대한을 보고 있었고 꽤 오랫동안 대한에게서 눈을 떼지 못했다.

'뭐지, 날 굉장히 싫어하는 것 같은데.'

왜 싫어하는 거지?

뭐 상관없겠지.

내 남은 군 생활 중에 1사단장과 같은 부대에서 근무할 확률은 제로에 가까울 테니.

'같이 근무하기 전에 저 양반이 먼저 전역할 테니까.'

이윽고 육준엽이 준우승 시상을 위해 단상으로 이동했다.

근데 육준엽도 공병단을.

그것도 대한을 노려보기 시작했다.

'아주 공공의 적이구만.'

이런 게 왕관의 무게라는 건가.

대한은 애써 그의 시선을 피한 채 차례를 기다렸고 이어서 사회자가 마이크에 대고 말했다.

"이어서 대회 우승 팀과 대회 MVP에 대한 시상이 있겠습니다. 대상자는 단상으로 올라와 주시기 바랍니다."

그래, MVP를 준다고 했었지?

대한은 박수를 치며 주위를 둘러보았다.

'현정국 아니면 양준규겠지?'

둘 다 우열을 가릴 순 없었다.

대한은 양준규가 받길 바라며 그를 바라봤지만 양준규는 멀뚱멀뚱하게 대한을 바라볼 뿐이었다.

'흠, 현정국인가 보네.'

현정국이 받는다는 게 그리 마음에 들진 않았지만 어쩌겠는가.

그가 결승전에 보인 활약은 MVP가 아닌 게 더 이상했다.

대한은 고개를 돌려 현정국을 바라봤지만 그도 대한을 쳐다보며 움직이지 않고 있었다.

뭐지?

왜 다들 날 보는 거지?

그때, 이원영이 대한에게 말했다.

"뭐 해, 안 가?"

"······예?"

"아, 말 안 해 줬나. 네가 MVP인 거?"

"언제 말해 주셨습니까?"

"지금이라도 말해 줬으면 됐지. 자, 이제 올라가자."

"예?!"

이게 무슨 소리야?

내가 왜 MVP야?

노력상이나 수비상 같은 거면 이해라도 하겠는데 내가 MVP?

그래도 이 상황에 상을 무를 순 없는 노릇.

대한은 일단 가서 자세를 잡았다.

그러자 사회자의 진행이 이어졌고 MVP에 대한 시상이 먼저 이루어졌다.

참모차장이 미소를 지으며 상장과 트로피를 대한에게 건넸다.

"중위 김대한! 감사합니다!"

"덕분에 경기 아주 재미있게 봤다."

"좋게 봐주셔서 감사합니다!"

"하하, 나 말고 다른 사람들도 좋게 보고 있었을 거다."

글쎄요.

아까 사단장들 보니까 전혀 아니던데…….

대한이 어색하게 웃자 참모차장이 어깨를 두드려 주며 말했다.

"멀리서 와서 경기하느라 고생 많았을 텐데 좀 있다 얼굴 잠깐만 보고 가거라."

"예! 아…… 잘못 들었습니다?"

그 말에 참모차장은 피식 웃으며 이원영에게 이동했다.

아, 또 왜요.

왜 부르는 건데요?

대한이 속으로 한숨을 삼킬 때쯤 시상이 끝났고 참모차장이 직접 마이크를 잡고 참가한 부대들을 향해 말했다.

"다들 명절인데도 불구하고 군의 행사를 위해 시간을 내줘서 정말 감사하게 생각한다. 보상이 될진 모르겠지만 내 이름으로 5일씩 휴가를 부여하겠다."

참모차장의 말이 끝나기 무섭게 참가한 병력들에게 함성이 터져 나왔다.

특히 공병단의 목소리가 제일 컸다.

'자식들, 좋겠네.'

다른 부대는 모르겠지만 공병단의 병력들에게는 이미 5일의 휴가가 부여된 상황.

그런 와중에 참모차장의 휴가까지 내려졌으니 총 열흘의 포상휴가를 손에 넣은 것이다.

허나 아직 휴가 폭탄은 이게 끝이 아니었다.

아직 이원영의 추가 포상이 남아 있었다.

'우승했는데 5일로 퉁칠 수 있겠나.'

아마 참가한 병력들이 받아 갈 휴가는 15일이 될 것 같았다.

축구 대회 한 번에 15일 휴가면 할 만하지.

참모차장이 병력들의 환호를 즐기며 다시 한번 마이크에 대고 말했다.

"이 휴가는 간부도 포함이다. 지휘관들은 선택해서 알아서 가고 선수로 뛴 간부들은 10월 안으로 다 쓸 수 있도록 해라. 지휘관들은 경기 참여한 간부들이 휴가 다 쓰면 나한테 보고하도록."

이야, 간부들한테도?

덕분에 간부들도 함께 웃을 수 있었다.

그나저나 난 할 것도 많은데 언제 5일 휴가를 다 쓴담?

그러다 문득 좋은 생각이 떠올랐다.

'오, 그래. 22사단 침투할 때 휴가 쓰고 다녀와야겠다.'

파견 신청도 할 수 없는 일이었다.

신청하는 순간 육준엽이 바로 알 수 있었으니까.

그렇다고 부대에 출근을 하고 있다고 처리하기도 곤란했다.

'괜한 흠을 만들 필요는 없지.'

5일 정도면 사단에 침투하고 경계를 봐주기에 충분한 시간일 터.

뒤이어 대회가 마무리되었고 참모차장이 자리를 뜨자 대한이 이원영에게 다가가 말했다.

"저, 단장님. 참모차장님께서 잠깐 얼굴 좀 보자고 하셨는데……."

"아, 말씀하셨구나. 지금 바로 가자."

"알고 계셨습니까?"

"어, 아까 후반전에 이야기하셨어."

"그…… 혹시 왜 부르시는지 아십니까?"

그 말에 이원영이 웃으며 말했다.

"가 보면 알아."

Chapter 3

뭘까. 뭔데 이렇게 의미심장한 척을 하는 거지?

얼마 뒤, 참모차장실 앞.

대한이 거울을 확인하며 이원영에게 말했다.

"……단장님, 근데 참모차장님 뵈러 가는 건데 축구 유니폼은 좀 그렇지 않습니까?"

미리 알았다면 전투복이라도 챙겨 왔을 텐데.

하지만 이원영은 생각이 다른지 웃으며 말했다.

"중위잖아. 이게 더 어울려."

"……중위랑 유니폼이랑 관련이 있습니까?"

"귀엽잖아."

이원영은 대한의 대답을 듣지도 않은 채 참모차장실의 문을 두드렸다.

"공병단장입니다!"

"들어와."

문을 열자 참모차장이 직접 음료를 준비 중이었고 이원영이 서둘러 그에게 다가갔다.

"제가 하겠습니다."

"손님은 가만히 있어."

"아, 예. 알겠습니다."

얼른 뒤로 물러나는 이원영.

그 모습을 본 대한은 생각했다.

'포스가 장난이 아니네.'

중장. 그것도 대장을 앞둔 중장이었다.

그의 전투복에 박혀 있는 별 3개가 대한과 이원영을 압도했고 대한은 알아서 앉을 자리를 찾아 섰다.

참모차장이 음료를 가져오며 두 사람에게 말했다.

"뭐해? 앉아."

"예."

대한은 이때까지 많은 장군들을 보며 이젠 나름 장군에 대한 면역이 생겼다고 자부했다.

그러나 그건 굉장히 오만한 생각이었다.

별 3개는 내뿜는 위압감부터가 달랐다.

대한의 긴장을 느꼈는지 참모차장이 웃으며 대한을 불렀다.

"김 중위."

"중위 김대한!"

"긴장한 거야?"

"······조, 조금 한 것 같습니다."

"내 얼굴 똑바로 봐봐."

대한은 고개를 돌려 그의 얼굴을 바라보았다.

"그냥 동네 아저씨라 생각해. 비슷하잖아?"

"아······."

전투복이라도 벗고 오든지.

어디 동네 조기축구회 유니폼이라도 입고 있으면 충분히 그렇게 생각할 수 있을 것 같았다.

하지만 얼굴을 직접 바라보니 전투복의 별이 더욱 커 보였다. 그리고 그제야 그의 이름을 확인했다.

중장 김현식.

익숙한 이름이었고 재빨리 머리를 굴려 보았다.

누군가 했더니 전생에 대한이 공병단 인사장교를 할 때 2작전사령관이었다.

큰 이변이 없다면 이번 생에도 2작전사령관으로 올 터.

그래서일까? 대한은 그의 전투복에 달린 별이 3개에서 4개로 보이기 시작했다.

"최, 최대한 편하게 있어 보겠습니다."

"하하, 그래그래. 근데 잠시만, 이놈 이거 왜 이렇게 안 와?"

누가 더 올 사람이 있는지 김현식이 휴대폰을 꺼내 연락하려 했다.

그때, 추지훈이 참모차장실 문을 두드렸다.

"선배님, 기획관입니다."

"빨리 들어와."

"아, 벌써 다 도착해 있었구나."

추지훈이 숨을 고르며 자리에 앉았다.

김현식이 눈을 가늘게 뜨며 추지훈에게 말했다.

"맨날 마지막이야. 네가 무슨 주인공이냐?"

"하하, 사단장들 챙기느라 늦었습니다."

"아, 그럼 그냥 넘어가자."

대한이 김현식의 군번을 몰라 확신할 순 없었지만 대화에서 느껴지는 친분으로 보아 생도 생활을 같이한 듯했다.

'소장이랑 중장이면 같이할 수도 있지.'

그래도 추지훈이 와서 그런지 대한의 긴장이 한층 풀렸다.

추지훈은 정자세를 하고 있는 대한을 보더니 고개를 기울이며 물었다.

"너 왜 이렇게 긴장하고 있냐?"

"……당연히 긴장되어야 하지 않겠습니까?"

"왜?"

왜냐니?

무슨 질문이 저래?

대한이 어색하게 웃으며 추지훈을 바라보자 추지훈이 어이 없다는 듯 웃음을 터트렸다.

"와, 소장은 별로 안 무섭고 중장은 무섭다 이거냐?"

"아, 아닙니다."

"아니긴…… 내가 너 때문에라도 꼭 진급한다."

두 사람의 대화에 김현식이 재밌다는 듯 물었다.

"뭐야, 너 김 중위랑 친하냐?"

"친하죠. 같이한 일이 한두 개가 아닙니다."

"아, 그래? 난 축구 대회 제안만 한 줄 알았더니 같이 대화를 많이 했나 보네."

"제안이랑 계획 다 대한이가 짜고 방송까지 섭외해 왔습니 다."

"뭐야, 진짜로 다 했네?"

추지훈이 미소를 지으며 고개를 끄덕였고 김현식이 대한을 흐뭇하게 바라보며 말했다.

"이제 보니 적임자를 불렀네."

"적임자 말씀이십니까?"

"응, 적임자. 내가 최근에 골치 아픈 일이 하나 생겼는데 축 구 대회를 제안한 너라면 제대로 된 조언을 하나 해 줄 것 같아 서 부른 거거든."

대한은 불안함에 눈동자가 떨려왔다.

'저 양반이 골치 아픈 일을 내가 맡으라고?'

가능한 일인가?

대한의 기준에서 절대 불가능한 일이었다.

대한이 두려움에 떨며 김현식에게 물었다.

"그…… 어떤 일인지 여쭤봐도 되겠습니까?"

"내년에 세계군인체육대회 있는 거 알고 있나?"

대한은 김현식의 말을 듣자마자 전생의 기억을 떠올렸다.

'당연히 기억하지. 공병단에서 지원도 갔었는데.'

세계군인체육대회는 4년마다 개최되는 대회로 내년에는 경상북도 문경에서 개최된다.

군인들의 행사답게 독도법, 추적기술, 생존기술, 고공낙하기술 등 군대의 기술도 종목에 포함되어 있는 대회.

그리고 세계라는 말이 붙은 만큼 규모도 상당했다.

100여 개가 넘는 국가에서 대한민국을 방문하기에 준비하는 과정이 굉장히 힘들었고 그렇기에 절대 잊을 수 없는 일이었다.

대한이 대답했다.

"예, 문경에서 하는 것으로 알고 있습니다."

"어? 알아? 이야…… 그럼 말이 편하겠네."

김현식은 대한의 대답에 활짝 웃으며 말했다.

"너 그거 담당해라."

"……예?"

"네가 들은 게 맞아. 네가 그거 담당하라고."

대한은 순간 자신의 귀를 의심했다.

미친. 지금 뭐라는 거야?

그 큰 대회에서 나 보고 뭘 하라고.

설마 겨우 축구 대회 하나 기획했다고 그걸 맡기는 건 아니 겠지?

그러나 그 이유 때문이 맞았다.

그리고 대한이 거절할 수 있는 것도 아니었고.

대한은 잠시 동안 많은 것들을 생각한 끝에 속으로 삼키며 물었다.

"······제가 뭘 담당하면 되겠습니까?"

"자식, 쫄기는. 너무 겁먹지 마. 어디 한 부분을 맡으라는 게 아니니까. 지금도 열심히 준비는 하고 있으니까 문경에 가끔 들 려서 조언만 해. 보고는 나한테 직접 하면 된다."

흠. 그럼 불행 중 다행이긴 하네.

적어도 이번엔 부대를 옮길 필요가 없다는 것이었으니까.

그나저나 직접 보고 하라니?

'어디 불편해서 제대로 보고할 수 있을지나 모르겠네.'

그래도 이 기회가 좋은 기회라는 건 부정할 수가 없었다.

그도 그럴 게 김현식은 단순한 참모차장이 아닌 2년 안에 사 령관이 될 인물.

그런 인물에게 직접 보고하며 친분을 쌓을 기회가 언제 있겠 나.

어차피 피하지 못할 제안이었기에 시원하게 수락하기로 했다.

"예, 알겠습니다."

"알겠다고?"

이제는 오히려 김현식이 당황한 것 같았다.

대한이 수락할 거라 생각은 하고 있었다. 하지만 이렇게 질문도 더 하지 않고 수락할 거라는 생각은 못했다.

김현식이 당황하자 추지훈이 웃으며 말했다.

"선배님, 당황스러우시죠? 겪다 보면 자연스러워지실 겁니다."

"이야…… 난 또 뭐 질문이라도 할 줄 알았더니 이렇게 쿨할 줄은……."

"세계군인체육대회가 문경에서 하는 거 알고 있으면 다 알고 있을 겁니다."

"군에 관심이 많은가 보네?"

"관심 많겠죠. 인사 쪽에 뜻이 있는 놈이라 이런 걸 놓칠 놈이 아닙니다."

"응? 벌써 그걸 정했어? 아직 경험도 다 못 해 봤잖아."

김현식이 대한을 신기하다는 듯 바라봤다.

그 눈빛에 대한이 속으로 피식 웃었다.

'경험이야 차고 넘치지.'

그저 진급을 못했을 뿐.

대한이 미소 지으며 답했다.

"제가 다른 직렬보다 잘할 수 있는 일이라서 일찍 결정해 버렸습니다."

"너희 계급에서 보기에 인사가 그리 중요한 직렬은 아니지 싶은데?"

흠. 그것도 그렇지.

하지만 그렇다고 그렇게 대답할 순 없었다.

김현식은 어떤 직렬에서든 통이라고 할 수 있는 군인.

괜한 소리해서 트집 잡히기 싫었으니까.

그때, 대한의 표정을 본 김현식이 웃으며 말했다.

"하하, 머리 굴리는 소리 다 들린다, 이놈아. 그냥 편하게 이야기해 봐. 나도 그냥 궁금해서 물어보는 거니까. 참고로 나도 인사가 중요하다고 생각한다."

그렇게 판을 깔아 주면 또 거절할 수 없지.

대한이 얼른 대답했다.

"짧은 군 생활이라 대답을 망설였었는데 그럼 편하게 말씀드리겠습니다. 저는 군이 작전을 수행하는 데 있어 인사가 가장 먼저 일을 잘해 놔야 한다고 판단했습니다."

대한의 대답에 김현식의 얼굴에 미소 대신 놀라움이 번졌다.

"이야, 요즘 중위는 이런 생각도 해? 아주 정확히 알고 있다. 병력관리가 우선이지."

다행히 김현식의 마음에 드는 대답인 것 같았다.

김현식이 웃으며 말을 이었다.

"이 친구는 내가 군 생활하면서 또 처음 보는 유형이네. 잘 한번 해 봐라. 어디까지 올라갈 수 있을지 궁금하다."

"예, 알겠습니다."

"그나저나 명절만 아니면 더 오래 이야기하겠는데 참 아쉽네. 다음에 또 기회 되면 보자꾸나. 갈 길도 먼데 얼른 일어나자."

김현식은 진심으로 아쉬워했다.

하지만 병사들이 제대로 쉬지 못할까 봐 시상식도 속전속결로 끝낸 인물.

그래서 대한을 더 잡아 둘 수가 없었다.

이윽고 모두가 자리에서 일어나자 김현식이 이원영을 불렀다.

"이 대령."

"예, 차장님."

"부하 마음대로 써서 미안하다."

"아닙니다. 편하게 쓰셔도 됩니다."

"자네가 아끼는 부하인데 편하게 쓰면 되나. 내가 할 수 있는 한 최대한 신경 쓸게."

"감사합니다!"

크.

대한은 그 말에 속으로 감탄했다.

저 말 하나만으로 내가 구를 가치는 충분했으니까.

'요직에 앉은 중장은 어떻게 챙겨 주려나.'

대한의 얼굴에 미소가 번지기 시작했다.

이어서 김현식이 대한에게 물었다.

"아참, 그리고 아까 그 감독님 번호 좀 나한테 보내 놔라."

음? 김현식이 우종혁을 왜?

원래 같으면 우종혁에게 물어보고 주는 것이 맞았다.

하지만 대한은 곧장 대답했다.

"예, 알겠습니다."

"그래, 조심해서 가거라."

"예, 충성!"

대한과 이원영, 그리고 추지훈은 참모차장실에서 나와 주차장으로 향했다.

대한은 추지훈에게 김현식의 번호를 받아 인사와 함께 우종혁의 번호를 보내 주었다.

그리고 추지훈에게 물었다.

"기획관님, 그나저나 사단장들이랑 내기하신 건 어떻게 됐습니까?"

경기 시작 전에 추지훈이 공병단을 대표해서 사단장들과 내기를 했다고 했다.

분명 사단장급이 하는 내기라 걸린 것이 적진 않을 터.

'아이스크림 이런 건 아닐 거 아니야.'

그 물음에 추지훈이 실실 웃으며 대답했다.

"후후, 안 그래도 그 이야기하느라 아까 조금 늦었다. 조만간 내기 상품 전달하러 직접 부대 방문할 거니 기대하고 있거라."

"직접 부대 방문한다니…… 누가 말입니까?"

"누구긴 누구야. 사단장이지."

"……예?"

대한이 놀라며 이원영을 바라봤고 이원영 또한 당황하며 추지훈에게 말했다.

"기, 기획관님? 사단장이 저희 부대에 온다는 겁니까? 직접?"

"나이가 몇 갠데 벌써 귀가 먹었나…… 그래, 휴가 내고 우승한 부대 가서 선수들한테 소고기 사 주는 게 내기였어."

하. 이건 대체 누굴 위한 내기지?

대한은 아까 사단장들이 왜 자신을 노려봤는지 알 것 같았다.

'이건 그냥 벌칙 수준이잖아…….'

지휘관의 급의 차이가 심해도 너무 심했다.

전혀 상관없는 사단장이라고 할지라도 공병단이 편하게 맞이할 순 없는 노릇.

대한은 자연스럽게 이마에 손을 올릴 수밖에 없었다.

"저…… 혹시 거절도 가능합니까?"

"당연히 안 되지."

그 말에 대한이 얼른 이원영에게 말했다.

"단장님, 전 저 시기에 맞춰 22사단에 다녀오겠습니다."

"야, 그럼 나 혼자 어떻게 하라고?"

"단장님도 같이 가시겠습니까? 2명이면 경계를 뚫기도 더 쉬울 것 같은데 말입니다."

"하, 그래야 하나⋯⋯."

두 사람의 속닥거림에 추지훈이 끌끌 웃으며 말했다.

"자식들이 벌써부터 도망칠 궁리는⋯⋯ 어림도 없다, 이놈들아. 그땐 나도 휴가 내고 너희 부대 놀러 갈 거니까 많이 먹을 준비하고 기다리고 있어. 그럼 간다."

이건 또 무슨?

소장이 둘이나 부대에 온다고?

대한과 이원영은 멀어지는 추지훈의 뒤통수를 원망스럽게 쳐다봤다.

그러다 시선을 느낀 추지훈이 고개를 돌리자 두 사람 다 얼른 미소를 지으며 말했다.

"언제 오실지 말씀만 해 주십쇼. 준비 잘하고 있겠습니다."

"영천이 또 소고기가 유명하지 않습니까. 기가 막힌 곳으로 알아 놓겠습니다."

추지훈이 만족스러운 듯 고개를 끄덕이며 말했다.

"거봐, 좋아할 줄 알았다니까. 조심히 내려가라. 먼저 간다."

"예, 충성!"

추지훈이 멀어지자 이원영이 대한에게 말했다.

"⋯⋯희재 시켜야겠다."

"⋯⋯좋은 생각이신 것 같습니다."

두 사람이 고개를 끄덕이며 버스에 올라타기 시작했다.

✱

대한은 부대에 도착하자마자 그대로 방에 들어가 기절했다. 풀타임 축구 경기를 2경기나 진행했는데 당연한 결과였다. 그나마 다행인 건 다음 날도 휴일이라는 것.

'출근이었으면 지각 확정이었다.'

눈을 뜬 대한은 멍하니 허공을 바라보다 휴대폰을 들고 우종혁에게 연락했다.

"감독님, 어제 잘 내려가셨습니까."

─어휴, 말도 마세요. 차 막혀서 죽는 줄 알았습니다.

"하하, 그래도 어젠 차 막힌다고 좋아하셨지 않습니까."

대한이 웃으며 말하자 우종혁이 갑자기 말이 없어졌다.

전화가 끊겼나 휴대폰을 다시 확인하려는 찰나, 우종혁이 조용히 말했다.

─……같이 있습니다.

"아이코. 죄송합니다. 흠흠."

그건 또 몰랐네.

대한이 얼른 화제 전환을 시도했다.

"흠흠, 그나저나 어제 혹시 참모차장님 연락 받으셨습니까?"

─아뇨, 연락 없으시더라고요. 명절 끝나고 연락 주지 않겠습

니까.

"혹시라도 불편한 부탁하면 바로 말씀해 주십쇼."

그 말에 우종혁이 웃었다.

─하하, 그분도 위치가 있는데 설마 중위님한테 번호 받아서 그런 부탁하시겠습니까.

"그러면 다행입니다만…… 아, 저희 부대로 1사단장님이 소고기 사 들고 온다는데 감독님도 그때 놀러 오시는 게 어떻겠습니까?"

─1사단이면 준결승 상대 아닙니까? 그 사람이 왜 소고기를 사 들고 와요?

"사단장님들끼리 내기를 하셨답니다."

─하하, 뒤에서 재밌게 경기 관람하셨네들. 알겠습니다, 오랜만에 얼굴도 보고 좋겠네요.

"예, 일정 잡히면 연락드리겠습니다. 그럼 명절 잘 보내십쇼!"

─예, 중위님도 잘 보내세요.

우종혁과의 전화를 끊은 대한은 곧장 샤워를 하러 갔다.

군인한테 명절이 어디 있냐지만 부대와 집이 이렇게 가까운데 안 가 볼 수 없지 않나.

대한은 순식간에 샤워를 마치고 짐을 챙겼다.

그리고 방을 나서려는 그때 오정식에게 전화가 왔다.

대한이 반가운 목소리로 전화를 받았다.

"그래. 정식이냐."

―야, 너 페북 스타 된 거 알고 있냐?

"……다짜고짜 뭔 소리야? 내가 페북을 안 하는데 어떻게 스타가 돼?"

―큭큭, 링크 보내 줄 테니까 한번 확인해 봐라. 덕분에 아침부터 즐거웠다.

이건 또 무슨 말이야?

대한은 고개를 갸웃거리고는 오정식에게 말했다.

"야, 됐고 넌 뭐 하고 있었냐?"

―나 오랜만에 푹 쉬고 있지.

"그럼 우리 집으로 와. 같이 밥이나 먹게. 겸사로 엄마 얼굴도 좀 보고."

―군인이 명절에 집을 와?

"군인도 명절엔 쉬어야지."

―그럼 나라는 누가 지켜?

"하…… 호들갑은 면제가 다 떤다더니, 뒤질래?"

―후후, 원래 누군가는 떨어야 할 호들갑이었다. 알겠다. 지금 출발하는 거냐?

"어, 이제 차 탄다."

―그럼 먼저 가서 어머니랑 놀고 있을게.

"그래, 좀 있다 보자."

대한은 오정식의 전화를 끊고 곧장 차에 시동을 걸었다.

그때, 오정식이 링크 하나를 보내 왔다.

페북 스타인지 뭔지에 대한 링크였다.

대한은 무시하려다 호기심을 이기지 못하고 링크를 눌렀다.

그러자 페이스북에 접속됐고 거기엔 대한의 준결승전 경기 영상이 편집되어 있었다.

"……어?"

수만이 넘는 좋아요와 댓글들.

특히 댓글들이 난리였다.

-아 ㅅㅂㅋㅋㅋㅋㅋㅋㅋㅋ

-ㅋㅋㅋㅋ골 세리머니 미쳤네 ㅋㅋㅋㅋ

-군대스리가에서 저러면 티배깅 아니냐? ㅋㅋㅋㅋㅋ

-와, 피지컬은 진짜 개쩔긴 하다 ㅋㅋㅋㅋ

-나중에 헌병대서 잡아가는 거 아님? 무슨무슨 죄 이런 걸로?ㅋㅋㅋㅋㅋ

-기무대가 이 영상을 싫어합니다.

사람들의 뜨거운 반응들.

대한은 사람들이 쓴 댓글들을 보며 민망함에 헛기침을 했다.

근데 기분이 나쁘지가 않다.

아니, 오히려 좋았다.

그도 그럴 게 댓글 대부분이 대한에게 우호적인 댓글이었으니까.

게다가 그중에서도 가장 기분이 좋았던 것들은.

　-그래도 요즘 군대 많이 좋아졌네 ㅋㅋ
　-축구 대회도 하고... 캬... 나 때 저런 거 있었음 내가 다 쓸어 먹었을 텐데...
　-국방부가 오랜만에 일을 좀 하네. 그래 이런 이벤트도 좀 열어 줘야 군대도 살맛나고 하는 거지.

바로 군대에 대한 긍정적인 반응들이었다.
'다행이네.'
댓글들을 본 대한은 흐뭇함에 웃었다.
애초에 축구 대회를 열려고 한 것도 군에 대한 긍정적인 이미지를 심어 주기 위함이었으니까.
대한은 신난 마음에 다른 영상들을 더 찾아보았다.
그러자 이외에도 대한에 대한 영상들이 몇 개 더 있었는데.

　-군대스리가의 미친 수비수
　-오버헤드킥 날리는 국방전사
　-흔한 반도의 중위가 수비하는 법
　......

하나 같이 대한의 얼굴을 뜨겁게 만드는 것들뿐이었다.

그러나 이번에도 역시 기분이 나쁘지 않았다.

아니, 이젠 슬슬 뿌듯하기까지 했다.

덕분에 평생 안주거리가 하나 생겼으니까.

'가서 빨리 엄마 보여줘야지.'

그리 생각하며 다시 휴대폰을 내려놓으려던 순간, 대한은 영상이 게시된 페이스북 페이지 중에 낯익은 로고를 하나 보았다.

"하?"

최초의 영상을 여기서 올린 거였어?

어쩐지 편집 퀄리티가 좋더라니.

로고를 확인한 대한이 어디론가 전화를 걸었다.

─아이고, 이게 누구야! 우리 김 중위 아냐!

대한이 전화를 건 사람.

다름 아닌 변성인이었다.

그는 이미 만취했는지 혀가 좀 풀려 있었는데 대한이 웃으며 말했다.

"부장님, 명절 잘 보내고 계십니까?"

─잘 보내고 있지! 우리 김 중위는 뭐 하나! 집에는 갔나?!

"하하, 예. 잘 도착해서 잘 쉬고 이제 집에 가 보려고 합니다."

─그라치! 명절은 집에서 보내야지! 그래! 조심히 가고!

"가기 전에 여쭤볼 게 하나 있습니다."

─우리 김 중위가 물어보는 건 얼마든지 대답해 줘야지! 뭐

야!

"제 영상은 페북에 왜 올리신 겁니까?"

그 순간, 변성인은 대한의 물음에 당황한 듯 딸꾹질을 하며 답했다.

-끄익! 무, 무슨 영상?

"제 수비 영상 편집본이요. 최초로 올린 데가 조선신문이던데요?"

변성인이 직접 하지 않은 것일 수도 있다.

하지만 방송의 책임자였던 변성인이 모를 리는 없을 터.

그러자 변성인이 당황하며 말했다.

-무, 뭐라고? 내가 시골에 내려와 있어서 잘 안 들리네?

"그럴 리가 없습니다. 저는 너무 잘 들립니다."

-어, 어, 대한아! 내가 나중에 다시 전화할게.

변성인은 그대로 전화를 뚝 끊어 버렸다.

쯧쯧. 그럼 그렇지.

이 양반이 모를 리가 없지.

그러나 이미 물은 엎질러졌는데 어찌하랴.

대한은 이 또한 추억 삼기로 하고 천천히 본가로 내려가기 시작했다.

가는 김에 노래도 좀 들으면서 말이다.

하지만 그 꿈은 이루어지지 못했다.

중간에 페북 영상을 보고 전화 오는 지인들의 무수한 전화 때문에.

✖

겨우 집에 도착한 대한은 오랜만에 가족들과 식사를 할 수 있었다.

물론 거기엔 거기에 오정식도 끼어 있었고 식사를 하고 난 뒤 어제 했던 방송을 돌려봤다.

'군인 출신들이 만들어서 그런지 생각보다 더 잘 만들었구만.'

방송에는 전국 각 지역에서 근무하는 병사들의 인터뷰가 많이 들어 있었다.

인터뷰의 내용 자체는 뻔했다.

군 생활이 정말 즐겁다는 내용.

물론 그것이 거짓인 줄 모르는 사람은 없을 것이다.

그럼에도 잘 만들었다고 생각하는 건 부대의 생활들을 잘 찍어 놓았기 때문이었다.

'부모님들이 정말로 궁금해하는 건 저런 내용들이니까.'

이내 방송에 대한의 준결승전이 방영되었고 군대스리가의 미친 수비수의 풀영상을 확인할 수 있었다.

그런데 이거…….

혼자 볼 때랑 다 같이 볼 땐 느낌이 좀 다르네?

'좀 많이 부끄럽네.'

대한이 고개를 푹 숙이자 오정식이 웃음을 터트리며 말했다.

"푸하하! 저건 진짜 봐도 봐도 웃기네. 후반전 시작하자마자 왜 저런 거야? 골 못 넣어서 답답하던?"

"……다 어른의 사정이란 게 있는 거다."

"어른의 사정은 개뿔, 네가 무슨 어른이냐?"

"그럼 애냐?"

"저러는 거 보면 애지, 그럼 어른이냐?"

"후…….."

오정식과 민국은 대한을 미친 듯이 놀려 댔고 엄마는 그런 세 사람을 즐거운 듯 바라봤다.

대한은 한숨을 내쉬며 두 사람을 무시했고 이내 경기가 끝나고 대한의 인터뷰가 나왔다.

인터뷰어는 안유빈.

그의 질문으로 인터뷰는 시작됐다.

─부대의 인사과장으로 근무 중이신데 이번 대회를 준비하면서 가장 힘들었던 것이 무엇인가요?

"대대장님께서 적극적으로 지원해 주셔서 힘든 것이 하나도 없었습니다."

대한의 대답을 들은 오정식이 미간을 찌푸리며 말했다.

"저건 너무 형식적인 대답 아니냐?"

"그렇긴 한데…… 진짜긴 해."

진짜였다.

이원영과 박희재는 대한이 하는 모든 걸 지원해 주었으니까.

그러나 오정식은 고개를 저으며 다시 티비로 시선을 옮겼다.

인터뷰는 계속 됐다.

─제가 김대한 중위를 개인적으로 알기에 하는 질문인데 병력들의 복지를 굉장히 많이 생각하는 간부라고 알고 있습니다. 최근 준비하시는 것도 많은 것으로 알고 있는데 병사들과 가장 가까운 초급 장교로서 해 주고 싶은 말씀 있으십니까?

"흠, 먼저 군 생활을 하는 병사들에게는 불편한 게 있으면 언제든 편하게 말해 달라고 하고 싶습니다."

─문제를 해결하는 데 있어 대화가 중요하다는 건 다 아는 사실이겠지만 군에서는 현실적으로 힘들지 않나요?

"부정하지 않겠습니다. 하지만 감히 이런 말씀을 드리고 싶습니다. 우리 군은 병사들 없이는 제대로 돌아가기가 힘든 곳입니다. 그리고 그 사실을 모르는 간부도 없습니다. 그렇기에 간부들은 늘 병사들의 건강한 군 생활을 위해 노력해야 할 의무가 있으나 병사 생활을 해 보지 않았기에 부족한 점이 많습니다. 그러니 어렵더라도 병사들이 끊임없이 목소리를 내주면 분명히 들어주는 간부가 있을 겁니다."

─김대한 중위의 인터뷰처럼 군에 아들들을 맡긴 부모님들께서 걱정을 좀 더 셨으면 좋겠네요.

"저도 그러길 바랍니다. 아, 한마디만 더 해도 되겠습니까?"

─예, 편하게 하시면 됩니다.

"불편한 게 있으면 편하게 말해 달라 했는데 하나만 생각한 뒤에 말해 주면 좋을 것 같습니다."

─그게 뭔가요?

"여러분들이 군인이라는 점입니다. 여러분들의 편안함 때문에 국민들, 본인의 가족들이 위험에 빠지는 일은 없었으면 합니다."

대한의 인터뷰가 끝나자 엄마가 대한에게 말했다.

"우리 아들 말 잘하네?"

"흠흠, 뭐 저 정도는 다 하지."

대한의 대답에 오정식이 말했다.

"하하, 근데 유니폼 입고 저런 말 하니까 진짜 웃기긴 하다."

"내 말이…… 저 옷으로 참모차장까지 만나고 왔다고."

"참모차장? 뭐 하는 사람인데?"

"육군 본부에서 두 번째로 높은 사람."

"네가 그런 사람도 만나냐?"

"어쩌다 보니 만났어."

"그래도 잘해서 만난 거잖아?"

"그렇긴 하지. 못 하면 못 보는 사람이니까."

"근데 좀 전에 인터뷰 너 같은 짬찌가 해도 되는 거냐?"

"죽을래? 여기서 짬이 왜 나와?"

대답은 그렇게 했지만 사실 당시에 말해도 되나 싶긴 했었다.

그래서 안유빈과 미리 말을 해 보고 결정을 한 것.

'군대가 이상하게 바뀌는 건 원치 않거든.'

대한이 계속 몸담을 곳이다.

본인이 지낼 환경은 본인이 만드는 것 아니겠나.

'인터뷰 보고 욕하는 사람도 있을 수 있겠지만 뭐 그 정도는 감수해야지.'

이제는 높은 계급의 군인을 봐도 아무런 감흥이 없었다.

대한의 주위에는 높은 계급들이 수두룩했고 그들 모두가 대한에게 우호적이었으니까.

대한은 피식 웃고는 방송을 마저 시청했고 이내 결승전이 방송되었다.

결승전을 보고 있던 민국이가 한 장면을 보고서 놀라며 물었다.

"와…… 저 사람 엄청 크게 다친 거 아니야? 걷질 못 하는데?"

민국이가 놀란 사람은 다름 아닌 이영훈의 태클에 당한 선수였다.

대한이 어색하게 웃으며 답했다.

"좀 크게 다치긴 했더라. 전방십자인대 파열이라던데."

"……너무 심한 거 아니야?"

"저 선수가 말해 줬는데 태클이 원인이 아니래. 태클 당하기 전에 무릎에서 탁 소리가 들렸대."

애초에 넘어지고 있던 선수에게 이영훈이 태클을 했던 것이었다.

"태클 때문이 아니라니까 다행이긴 한데…… 전방십자인대 파열이면 전역해야 하는 거 아냐?"

"안 그래도 전역한다더라. 대신 민간병원에서 치료받을 수 있도록 지원한대."

참모차장이 주관하는 대회였다.

아니, 그전에 군대에서 다친 것이었다.

보상은 확실해야 했다.

군대 갈 땐 우리 아들, 다치면 느그 아들이 되면 안 됐으니까.

그렇기에 특히나 대한이 끝까지 확인해 줄 생각이었다.

그때 민국이 말했다.

"근데 아깝겠다."

"뭐가?"

"군 생활 기껏 열심히 했는데 중간에 나오는 거잖아."

"그렇진 않다더라. 저 친구 이제 자대 간 지 한 달밖에 안 됐거든. 그래서 저기 태클한 중대장님이 엄청 미안하다고 그랬는데 오히려 저 친구가 고맙다고 그랬대."

"아, 그래? 그래도 치료 기간이 길잖아."

"군 생활 삼분의 일도 안 된다고 그랬다던데. 그 말 듣고 군의관도 웃었다더라."

민국이는 이후로도 대한의 군 생활이 궁금한지 이것저것 물어보았다.

엄마와 오정식도 흥미롭게 대한의 군 생활을 들었고 저녁이 될 때까지 대화가 이어졌다.

집에서 오랜만에 즐거운 시간을 보낸 대한은 다음 날 저녁이 되어서야 부대에 복귀했다.

✳

추석이 끝나고 첫 일과.

대한은 새벽부터 출근해 컴퓨터를 두들기고 있었다.

잠시 후, 남승수가 인사과의 문을 열며 대한에게 경례했다.

"충성. 명절 잘 쉬셨습니까."

"예, 충성. 잘 보내고 왔습니다."

"방송 잘 봤습니다."

"아, 보셨습니까. 부끄럽습니다."

"하하, 과장님 덕분에 열심히 웃었습니다."

"즐겁게 만들어 드렸으니 다행입니다."

남승수가 자리에 짐을 풀며 물었다.

"그나저나 아침부터 뭘 그렇게 하고 계십니까?"

"아, 저희 대대 휴가 계획 손보는 중입니다."

"어, 휴가 갑니까?"

"가야죠. 다른 부대에서도 가 보셨지 않습니까?"

"가 보긴 했죠. 근데 휴가철도 지났고 명절도 지나서 안 가는 줄 알았습니다."

"축구 때문에 밀리긴 했는데 대대에선 나름 중요한 행사라 가긴 하야 합니다."

"뭐, 도움 필요하시면 말씀하십쇼."

"담당관님 도움이야 언제든 환영이긴 한데 이번에는 도움 못 받을 것 같습니다. 대신 혼자 지내셔야 합니다."

남승수는 대한의 대답에 고개를 내저었다.

"저 요즘에 너무 심심합니다. 군 생활 좀 같이하면 안 됩니까? 같은 사무실에 있는데 얼굴 볼 때마다 반가워하는 게 정상입니까?"

"하하, 금방 끝내고 사무실에 붙어 있겠습니다."

"그냥 졸아도 괜찮으니까 좀 붙어만 있어 주십쇼."

하긴.

대한이 인사과장을 맡은 이후로 인사과에 진득하게 붙어 있던 적이 없긴 했다.

그렇기에 대한도 조금 미안함을 느꼈다.

'혼자 일하는 게 외롭긴 하지.'

대한도 경험해 본 일이었기에 얼마나 힘든지 알고 있었다.

남승수를 다시 위로해 준 대한은 서둘러 서류를 프린트해 대대장실로 향했다.

그때, 때마침 출근하던·여진수가 대한을 발견하고 불렀다.

"거기서 뭐하냐?"

"충성! 명절 잘 보내셨습니까."

"그래, 네 덕분에 아주 즐거운 명절이었다."

"하하…… 방송 보셨습니까?"

"우리 부대가 나오는 건데 당연히 봐야지."

한동안 만나는 사람마다 방송 이야기를 들어야겠구만.

대한이 어색하게 웃자 여진수가 대한에게 어깨동무를 하며
말했다.

"그나저나 인터뷰 대박이던데?"

"괜찮았습니까?"

"어, 동기들도 전화 와서 너 뭐 하는 놈인지 물어보더라."

"과장님 동기 없으시지 않습니까?"

여진수가 대한을 노려보며 말했다.

"……있거든? 군 생활하면서 만난 동기. 됐고, 담배나 피우러
가자."

대한은 그대로 여진수에게 잡혀 흡연장으로 끌려갔다.

여진수가 담배를 한 모금 빨아들인 후 물었다.

"가서 뭐 별일 없었냐?"

"별일…… 아, 하나 있습니다."

"……뭔데?"

그냥 인사 차 물은 건데 있다고 하다니.

여진수가 자연스럽게 대한을 경계하기 시작했고 대한이 웃으며 말했다.

"아, 별거 아닙니다. 참모차장님께서 세계군인체육대회 같이 준비 좀 해 달라고 하셨습니다."

"그래? 다행히 부대가 움직이는 건 아니네."

여진수가 안도의 한숨을 쉬는 것도 잠시 이내 고개를 기울이며 물었다.

"……잠깐만, 누가 부탁했다고?"

"육군 참모차장님께서 하셨습니다."

"중장?"

"예."

"……미친."

중장이라는 말에 여진수는 하마터면 담배를 떨어뜨릴 뻔했다.

하하…….

그래, 사실 나도 놀랍긴 하다.

그래서 일부러 별거 아닌 척 이야기했는데 안 통하네.

여진수가 말했다.

"넌 대체…… 이번엔 어쩌다 차장님한테 그런 제안을 받게 된 거냐?"

"축구대회 제안한 것 때문에 일이 이렇게 된 것 같습니다.

"그게 또 그렇게 이어지냐…… 하, 넌 확실히 조용히 군 생활 할 팔자는 아닌갑다."

"저도 그렇게 생각 중이었습니다."

"그래도 좋게 해석해야지. 다른 분도 아니고 참모차장님이 제안한 건데. 아참, 나 다음 보직 정해졌다."

"오, 어디로 가십니까?"

"작전사."

"와! 확실히 결정 나셨습니까?"

"어, 대대장님께서 힘 많이 써 주셨어. 그리고 네 덕도 있고."

그래.

힘들게 일하러 다녔는데 당연히 돼야지.

대한이 그 어느 때보다도 환하게 웃으며 말했다.

"다른 분도 아니고 과장님이신데 당연히 잘되셔야죠. 근데 작전사 어디로 가십니까?"

"일단 TF팀에 잠시 있다가 내년 6월쯤? 시설 쪽으로 옮길 것 같다."

시설?

대한이 고개를 갸웃하며 물었다.

"시설 괜찮으십니까?"

"너도 걱정이냐? 나도 걱정이다."

여진수 또한 한숨을 푹 내쉬고는 담배를 뻐끔거렸다.

그도 그럴 것이 시설단은 일반 공병부대와는 전혀 달랐는데 쉽게 말해 시설은 군대에서 하는 공사에 감독하러 다니는 일이었다.

말인즉, 시설에 있으려면 공사에 관련한 내용들을 빠삭하게 알고 있어야 했다.

근데 공병부대를 돌아다닌 여진수가 잘 알 턱이 있나.

'시설단에 근무하는 군인들은 초급 장교 때부터 시설 쪽에 있던 사람들인데…….'

갑자기 여진수를 시설 쪽으로 꽂아 넣는다고?

물론 자리 자체는 나쁜 자리가 아니긴 했다.

잘만 하면 확실한 자력을 얻는 곳이었으니까.

대한이 잠시 고민하고는 입을 열었다.

"시설단 동기들한테 연락해서 공부할 것 좀 챙겨 드립니까?"

"역시 미리 해 두는 게 좋겠지?"

"다른 선택지가 있으면 다른 곳으로 가시는 게 좋다고 말씀드리겠는데 없다면 미리 공부해 두시는 게 마음 편하시지 않겠습니까?"

"같이해 줄 거지?"

"……제가 말입니까?"

"너도 혹시 모르잖아."

"어…… 저는 시설단은 안 갈 것 같습니다만."

"아니야, 혹시 몰라. 같이해."

대한은 일부러 대답하지 않았다.

대답했다간 무슨 꼴을 당하려고.

그렇기에 대한은 생각했다.

'빨리 다른 자리 구해 줘야겠다. 이대로 가다간 작전사 가기 전까지 계속 시달리겠어.'

그때였다.

여진수가 대한에게 대답을 재촉하는 사이 때마침 주차장에 박희재의 차가 들어섰다.

박희재의 차를 본 대한이 얼른 대답했다.

"어어, 대대장님 오셨습니다. 전 이만 보고하러 가 보겠습니다."

"야, 대답은!"

대한은 서둘러 여진수를 피해 박희재에게 이동했다.

대한이 박희재를 향해 힘차게 경례했다.

"충! 성!"

"이야, 경례 봐라. 대한이답네."

"하하, 명절 잘 쉬셨습니까."

"덕분에 즐겁게 보냈다. 손에 그건 뭐냐?"

"아, 대대 휴가 관련해서 보고드리려고 했습니다."

"그건 또 언제 준비했어?"

"아침에 출근하자마자 작성했습니다."

"부지런한 부하 때문에 나도 부지런하게 생겼구만. 그나저나 방송 봤다."

"하하…… 보셨습니까."

"우리 부대 방송인데 당연히 봐야지. 너 카메라 잘 받더라?"

"감사합니다."

두 사람은 자연스럽게 방송 이야기를 하며 대대장실로 이동했다.

이윽고 전투복 환복을 마친 박희재가 보고서 확인을 시작했다. 보고서를 확인한 박희재가 미소를 그리며 말했다.

"재밌겠네. 그래, 이 정도는 돼야 휴가지. 병력들이 좋아하겠구나."

"그럼 이대로 진행하겠습니다."

"그래, 그렇게 해라. 근데 맨 마지막에 있는 건 진짜 가능해서 적어 놓은 거냐?"

어느 집단이건 상급자에게 보여 주는 보고서에 가능하지 않은 걸 적어 놓을 리는 없었다.

대한이라면 더더욱 보고서에 그런 짓을 하지 않을 터.

박희재도 그걸 알고 있었지만 그럼에도 물어볼 수밖에 없었다.

대한이 자신 있게 고개를 끄덕이며 말했다.

"높은 확률로 가능합니다."

"흠, 그래?"

"예, 그래서 말인데 잠시 외출 좀 하고 오겠습니다."

"어, 다녀와. 언제 갔다 오려고?"

"오후쯤 가 볼 생각입니다."

"1호차 타고 갈 거냐?"

"아닙니다. 이번엔 자차로 다녀오겠습니다."

박희재가 고개를 끄덕이고는 보고서를 다시 대한에게 건네며 말했다.

"참, 대한아. 다음부터는 인터뷰에서 그렇게 말하지 마라."

"아, 죄송합니다. 다음부턴 주의하겠습니다."

"뭘 주의해? 혼내는 거 아냐, 이놈아. 네 인터뷰 본 동기들이 너 좀 보내 달라고 연락 와서 그러는 거다."

아, 난 또 뭐라고.

대한이 웃으며 말했다.

"하하, 전 또 제가 잘못한 줄 알고 가슴이 철렁했습니다."

"네가 잘못할 게 뭐가 있냐. 암튼 적당히 끼 부리고 다녀, 다들 너 탐내고 있으니까."

"예, 알겠습니다. 감사합니다."

"그래, 가서 일 봐라."

"아참, 대대장님께 따로 보고드릴 게 하나 있습니다."

"뭔데?"

"10월 중에 22사단에 잠시 다녀와야 할 것 같습니다."

"22사단? 거긴 왜?"

"22사단장님이 저한테 부대 침투를 좀 부탁하셨습니다."

"……그건 또 뭔 소리야?"

진짜 못 알아들어서 한 말이었다.

그래, 이해한다.

당황할 만도 하지.

대한이 얼른 설명을 시작했다.

"저희가 특공여단의 침투를 막은 걸 들으시고 22사단의 경계를 확인해 달라고 요청하셨습니다."

"아니, 아무리 그래도 침투까지 할 필요가 있나? 그리고 그걸 왜 너한테 시켜? 게다가 그 침투도 성공하면 성공하는 대로 문제 아냐?"

"원래는 경계만 점검해 주고 조언할 거 있으면 해 달라고 하셨는데 제가 침투하겠다고 했습니다."

"……왜?"

"이왕 할 거면 제대로 해야 하지 않겠습니까."

대한이 눈빛을 빛내며 말하자 박희재의 눈동자가 급격히 떨리기 시작했다.

"……미친놈, 성공할 자신은 있고?"

"단장님께서 22사단의 부대 하나를 자세하게 알려 주신다고 하셨습니다. 그러면 충분히 가능할 것 같습니다."

"어휴, 그래. 원영이한테 잘 듣고 가. 괜히 무리하다 다치지 말고."

"예. 알겠습니다."

"또 있어?"

"예, 참모차장님이 요청하신 것으로 내년에 세계군인체육대회 담당을 부탁하셨습니다."

"아, 그래…… 자, 잠깐만 누구?"

"육군 참모차장님입니다."

"와…….'

박희재는 대한을 귀신 보듯 바라봤다.

그리고 한참 동안 입을 벌리고 있더니 나지막이 말했다.

"……넌 진짜 부대 밖에 나가면 안 되겠다. 어떻게 나갈 때마다 대형 사고를 몰고 다니냐. 아니, 이번엔 나가서 대체 뭘 어떻게 했길래 참모차장님한테 그런 제안을 받아?"

"제가 축구대회 제안한 걸 알고 계셔서 경기 끝나고 단장님이랑 같이 뵙고 왔습니다."

"하…… 그래…… 또 따지고 보면 일어날 법도 한 일이긴 한데…… 그나저나 설마 또 뭐 있는 건 아니지?"

"예, 끝입니다."

"어휴, 얼른 나가 봐."

"옙, 그럼 출발하기 전에 보고드리겠습니다."

"지금 했으니까 됐고 복귀할 때만 보고해."

"예, 그럼 가 보겠습니다. 충성!"

대한이 대대장실을 나오며 생각했다.

'내가 박희재여도 어이가 없긴 하겠네.'

물론 대한도 억울했다.

절대 원했던 것들이 아니긴 했으니까.

보고를 마친 대한은 혹여나 어딘가에 숨어 있을지도 모를 여진수를 피해 인사과로 복귀했다.

그리고 오후가 되자마자 외출을 위해 차량에 탑승했다.

목표지는 우종혁이 있는 대학교.

대한은 운동장에 도착해 우종혁을 찾았다.

"감독님!"

"오, 김 중위님."

우종혁이 훈련을 중단하고 대한에게 향하자 헐떡이던 선수들이 대한을 향해 몰래 엄지를 치켜든다.

그것을 본 대한이 피식 웃으며 우종혁에게 말했다.

"대회 성적 좋으시던데요?"

"아, 봤어요?"

공병단의 축구대회 이전에 우종혁은 대회를 하나 끝낸 상태였다.

그리고 그 대회에서 3등이라는 성적을 냈다.

대단한 게 아니라 생각할 수도 있지만 지금 우종혁이 맡고 있는 팀이 이 정도 성적을 낸 건 무려 5년 만의 일.

당연히 축하할 만한 일이었다.

게다가.

'카드 준 것도 별로 쓰지도 않았더만.'

나중에 대금 날아온 걸 보니 우종혁은 생각보다 대한의 돈을 별로 쓰지 않았다.

끽해야 식비 정도?

그래서 더 존경스러웠다.

우종혁이 웃으며 말했다.

"다 중위님 덕분입니다."

"에이, 무슨 또 그런 말씀을. 보니까 돈도 별로 안 쓰셨던데."

"하하, 그래도 마음이 편했습니다. 애들 밥이라도 마음 편히 사 먹일 수 있다는 게 얼마나 큰 차이인데요. 그나저나 지금 일과 중 아닙니까? 설마 이 얘기하러 일과 중에 나온 건 아니실 테고."

"아, 예. 안 그래도 학교에 볼일이 있어서 왔습니다. 혹시 여기 총학생회 만나려면 어떻게 해야 합니까?"

"총학생회?"

총학생회라는 말에 우종혁이 고개를 갸웃거린다.

"무슨 일인지는 모르겠지만…… 잠시만요."

총학생회를 만나게 해 달란 말에 우종혁이 선수들을 불러 모았다.

그런 다음 선수들에게 물었다.

"이 중에 총학생회에 아는 사람 있는 놈?"

그 물음에 두 사람이 손을 들자 우종혁이 턱짓으로 둘을 가리키며 말했다.

"저쪽에 문의하면 되겠네요."

"하하, 감사합니다. 그럼 잠시만 좀 빌리겠습니다."

"두 사람 빼고 나머진 다사 훈련 시작해."

우종혁의 말에 선수들이 울상을 지으며 운동장으로 달려갔고 손 든 두 사람은 행복한 표정으로 대한을 따라갔다.

선수 하나가 물었다.

"저, 근데 호칭을 어떻게 해야 되나요?"

"그냥 형이라고 해. 난 대학 졸업했으니까 형 맞을 거야."

"아, 옙. 근데 형, 총학은 왜요?"

"행사 건으로 부탁할 게 좀 있어서. 지금 호출되냐?"

"아, 예, 잠시만요."

대한의 부탁에 바로 전화를 걸더니 이내 약속을 잡아 주며 말했다.

"공강이라 자취방에 있다네요. 이리로 불렀습니다."

"땡큐. 그럼 이제 가 봐."

"아, 안 돼요. 여기 좀만 더 있게 해 주세요. 가면 또 뛰어야 해요."

"하긴. 그럼 저기 카페 가서 기다리자. 마실 거 하나씩 사 줄 테니까 적당히 꿀 빨다가 들어가."

"하핫, 넵! 감사합니다!"

장난스럽게 경례를 올리는 두 사람.

이윽고 카페로 올 것을 전달받은 총학생회 멤버가 카페에 나타났다.

그는 모자를 푹 눌러쓰고 나왔는데 자취방에서 자다 나온 듯 얼굴에 귀찮은 기색이 역력했다.

대한이 자리에서 일어나 인사했다.

"안녕하세요?"

"아, 예. 안녕하세요."

"공강인데 죄송합니다."

"아닙니다, 어차피 나오긴 했었어야 해서…… 근데 뭐 때문에 저를 부르신 건지……?"

"본론부터 말씀드리자면 축제 때 연예인 섭외하시잖아요. 그때 섭외비 지원 좀 해 드리려고요."

"……예?"

생각지도 못한 이슈에 총학 멤버의 눈이 휘둥그레 커졌다.

그는 대한을 위아래로 훑어보더니 자리에 앉으며 말했다.

"진심이세요?"

"그럼요, 진심이죠."

"어…… 이건 제 선에서 결정할 수 있는 게 아니라 회장 형한테 한번 말해 볼게요."

"저야 좋죠. 아싸리 회장분을 지금 뵈면 더 좋겠네요."

대한의 복장은 군인.

그것도 장교 견장을 달고 있으니 거짓말을 할 이유는 없다 판단됐는지 얼른 학생회장에게 전화를 걸러 나갔다.

역시 인맥이 좋다.

다리 한두 개 건너서 대학교 학생회장도 만날 수 있고.

전화를 마친 총학 멤버가 자리에 앉으며 말했다.

"이 근처에 있대요. 잠시만 기다리면 올 거예요."

대한은 커피를 홀짝이며 학생회장을 기다렸다.

잠시 후, 학생회장이 카페로 들어왔다.

"안녕하세요? 학생회장 김영필이라고 합니다."

"김대한이라고 합니다."

김영필은 적잖게 놀랐는지 땀까지 흘리고 있었다.

그가 당황한 목소리로 물었다.

"저 근데 정말인가요? 연예인 섭외비를 지원해 주신다는 게?"

"네, 정말이죠."

대한의 대답에 김영필이 입을 반쯤 벌리더니 이내 침착하게 물었다.

"……조건은요?"

역시 학생회장이라 그런지 계산이 빠르네.

이럼 대화하기가 더 편하다.

대한이 말했다.

"별거 없습니다. 대학교에 연예인 오는 김에 행사 끝나면 저희 부대에 와서 공연을 좀 부탁드리려고 합니다."

"네? 부대에 따로 부르신다고요? 저희 축제 때 오시는 게 아니라?"

"저희가 부대 비우고 놀러 나오긴 힘들지 않습니까."

"아, 맞다. 그렇겠네요. 그러면 지원이 아니라 따로 행사비를 마련하셔야 할 텐데……."

군대를 다녀온 김영필은 군대에서 이런 돈을 쓸 수 없다는 걸 잘 알고 있었다.

A4용지 살 돈도 충분하지 않은데 연예인 부를 돈이 있겠는가.

하지만 대한은 부대 돈을 쓸 생각이 없었다.

'내가 병력들에게 휴가 한번 시원하게 쏠 생각이니까.'

안 그래도 축구 때문에 휴가가 밀렸는데 이런 거라도 해 줘야지.

게다가 우승까지 하지 않았는가.

이건 대한이 내는 우승 턱이었다.

대한이 웃으며 말했다.

"행사비 걱정은 안 하셔도 됩니다."

"아, 정말요? 그럼 저희가 뭘 해 드리면 될까요? 소개 같은 걸 해 드리면 되는 건가요?"

"예, 저희 쪽에서 직접 연락할 방법을 몰라서 여쭤볼 겸 해서 왔습니다."

사실 부르는 방법을 모르는 건 아니었다.

기획사에 연락해서 문의를 하면 어떻게든 되긴 하겠지, 거기도 회산데.

하지만 지금 같은 대학 축제 시즌에 잘나가는 연예인들을 군

부대에 부르기란 쉽지 않을 터.

'만약 부르더라도 엄청 비싼 금액을 요구하겠지.'

그렇기에 근처 대학교와 일정을 맞춰 원 플러스 원 개념으로 섭외를 할 생각이었다.

김영필이 대한의 말에 고개를 끄덕이며 답했다.

"뭐, 저희야 지원해 주신다고 하면 감사한 일이죠. 그리 어려운 부탁도 아니고."

"지금 라인업은 다 정해졌나요?"

"예, 아직 공개는 안 했지만 정해지긴 했습니다."

김영필이 휴대폰을 꺼내 대한에게 내밀었다.

라인업은 무난했다.

래퍼에 발라드 가수에 걸 그룹까지.

근데 뭔가 하나가 부족했다.

당연히 포함되어 있을 거라 생각했던 가수가 보이지 않았으니까.

대한은 그제서야 깨달았다.

'아…… 생각해 보니 그 그룹은 아직 역주행하기 전이었네.'

흠, 그래도 좀 보고 싶은데 어떻게 안 되나?

대한이 아쉬움에 김영필에게 그 그룹 이야기를 하자 김영필이 웃으며 답했다.

"역시 그 걸 그룹 이야기 하실 줄 알았습니다."

"군통령이지 않습니까."

"그쵸, 군인들만 아는 군통령이죠. 근데 그 그룹이 군인들한 테만 유명해서 이제 와서 라인업에 넣기엔 좀 무리가 있을 것 같습니다."

"그래요? 그럼 그 그룹은 저희가 따로 섭외하죠, 뭐."

"하하, 중위님이 계시는 부대는 좋겠습니다. 이렇게 병사들 복지에 신경 써 주시는 간부님이 계시니까요."

"고생하는데 위문 공연 하나는 확실하게 준비해 줘야죠."

"멋지네요, 부럽습니다."

대한은 그 자리에서 바로 행사비와 일정을 조율했다.

대한이 대학에 지원해 줄 행사비는 현재 행사비에 30퍼센트 정도.

대신 공병단에 오는 것이 확정되었을 때 30프로고 기타 자 세한 건 나중에 또 조율하기로 했다.

대화가 끝날 때쯤 김영필이 의욕 넘치는 표정으로 말했다.

"최대한 조율해서 성사시켜 보겠습니다."

"그래 주시면 감사하죠."

대한은 김영필의 번호를 받은 뒤 함께 카페에서 나왔다.

헤어지기 전, 김영필이 대한에게 말했다.

"오랜만에 간부님 보니까 군 생활 생각 많이 나네요."

"간부들이 힘들게 했습니까?"

"아, 아뇨. 전 진짜 재미있게 군 생활했습니다."

"어디서 군 생활 하셨습니까?"

"저 22사단 수색대대 나왔습니다."

"……22사단요?"

대한이 놀라자 김영필이 당황하며 말했다.

"아, 예. 왜 그렇게 놀라세요?"

"하하, 아닙니다."

인연이 또 이렇게 되나.

생각지도 못한 곳에서 22사단 인연이 생겼다.

대한은 김영필과 좀 더 친해져야겠다고 생각하며 기쁜 마음으로 헤어졌다.

✷

부대에 복귀한 대한은 곧장 휴대폰으로 기획사 검색을 시작했다.

대한이 섭외하려는 걸 그룹은 현재는 별로 유명하지 않지만 머지않아 역주행 영상으로 엄청나게 뜰 예정이었다.

'내 기억으로 위문 공연 직캠이었는데.'

군대 행사를 많이 다녔던 그룹이었기에 섭외도 편할 것 같았다.

대한은 가수를 검색해 기획사의 대표번호를 찾았고 곧장 전화를 걸었다.

섭외는 어렵지 않았다.

아직 뜨기 전의 걸 그룹이었고 그렇잖아도 위문 공연을 많이 다니는 그룹이었으니까.

게다가 대한이 원하는 날짜에 일정이 비어 있어 대한은 바로 입금해 주고 스케줄을 잡았다.

이제 남은 건 행사 장비만 마련하면 되는 것.

대한은 전화를 끊자마자 박희재를 찾아갔다.

"충성!"

"어, 섭외 잘하고 왔냐?"

"대학교 쪽은 따로 조율 중이고 제가 따로 다른 걸 그룹 하나를 섭외했습니다."

"따로? 이유가 있나?"

"라인업에 걸 그룹이 하나 있긴 했지만 한 팀만으로는 좀 아쉬울 것 같아서 말입니다."

"그건 그렇지. 걸 그룹 부를 거면 두 팀은 불러야지. 근데 돈은 어디서 났냐?"

참 일찍도 궁금해한다.

대한이 웃으며 대답했다.

"DH투자 기억하시지 않습니까?"

"아, 기억하지."

"거기서 지원해 주기로 했습니다."

거짓말은 아니었다.

대한의 돈이 곧 DH투자의 돈이기도 했으니까.

박희재가 턱을 쓰다듬으며 말했다.

"또 거기야? 근데 이번엔 적은 돈이 아닐 텐데?"

"이번에 돈 많이 벌어서 좋은 일 한번 하고 싶다길래 섭외비 달라고 했습니다."

"허 참, 대표님이 정말 화끈하신 분이시네. 대한이 네가 나 대신 꼭 좀 감사하다고 전해라."

"예, 알겠습니다."

"몇 시냐? 슬 퇴근 준비하자."

"예, 알겠습니다. 아참, 대대장님. 여쭤볼 게 하나 있습니다."

"뭔데?"

"시설단 업무 많이 어렵습니까?"

대한의 물음에 박희재가 피식 웃으며 물었다.

"왜, 진수 때문에?"

"하하, 예. 그렇습니다."

"짬 낮을 땐 뭣도 모르고 갈 만하긴 한데 짬 높을 때 가면 힘들지. 공사도 모르면서 하급자들이 가지고 온 서류에 서명해야 하니까 많이 떨릴 거야."

웬만해선 엄살 안 떠는 박희재가 저리 말하는 걸 보니 많이 어려운 모양.

'씁, 같이 공부해 줘야겠네.'

물론 대한이 시설단에 갈 일은 절대 없었다.

단순히 동정심에 같이해 주려는 것도 아니고.

물론 측은지심에 해 주려는 것도 없잖아 있긴 했지만 이왕 하는 거, 나중에 지휘관이 됐을 때 써 먹기 위해서가 컸다.

'나중에 대대장이 되면 군수업무도 할 줄 알아야 하니까.'

대대장까지 진급이 될진 모르겠지만 이왕 군대에 뜻을 두기로 했으니 별 한번 달아 보자는 게 이번 생의 목표였다.

그래서 군수업무도 미리미리 준비하려는 것.

대대장이 되면 부대 군수업무도 확인할 줄 알아야 했으니까.

그리고 군수업무 중 가장 확인을 잘해야 하는 것이 바로 군공사와 관련된 것들.

'금액이 커서 사고라도 나면 바로 군복 벗어야 한다.'

그땐 대한이 메꿀 수 있는 돈도 아니었으니까.

대한이 박희재에게 물었다.

"대대장님께서는 시설단 근무해 보셨습니까?"

"난 해 봤지. 그래서 진수한테 가라고 한 거야. 진수 정도면 할 것 같아서. 아마 지금부터 미리 준비해야 될 걸?"

역시 박희재.

사람 참 강하게 키운다.

대한이 고개를 끄덕이며 말했다.

"저도 같이 공부 좀 해 보고 싶은데 혹시 자료 있으시면 부탁드려도 되겠습니까?"

"너도 공부하게?"

"병과가 공병인데 공사 정도는 알아야 하지 않겠습니까."

"하하, 그건 그렇지. 공병이 공사도 못 하면 부끄럽긴 하지."

박희재가 잠시 고민하고는 대한에게 말했다.

"자료는 따로 없고 그냥 둘 다 매일 오전마다 나한테 와."

"아…… 대대장님께서 직접 가르쳐 주시는 겁니까?"

"자료가 내 머릿속에 들어 있어서 어쩔 수 없다. 왜, 싫나?"

"아, 아닙니다. 감사합니다. 근데 시간 괜찮으십니까?"

"괜찮다. 남아도는 게 시간이야."

쯧. 괜히 자료 달라고 했나?

하지만 다른 관점에서 보면 박희재의 족집게 과외가 더 나을 수도 있긴 했다.

뭣 모르는 놈 둘이 자료 좀 본다고 습득이 빠른 건 아니었으니까.

"좋아, 그럼 내일 보자."

"감사합니다. 과장한테는 제가 따로 이야기 해 놓겠습니다."

"그래, 칼퇴근해라."

"예, 고생하셨습니다. 충성!"

대한은 대대장실에서 나와 곧장 정작과로 향했다.

여진수가 대한을 보고는 프린트를 들어 올리며 말했다.

"대한아, 내가 공부할 거 찾아 났다."

"아, 그거 필요 없을 것 같습니다."

"야, 진짜 같이 안 해 주냐? 너도 그냥 하라니까? 인생 어떻게 될지 몰라. 나라고 시설단 갈 줄 알았겠나?"

"안 한다고 말씀드리는 게 아닙니다. 내일부터 오전마다 대대장님께서 직접 과외 해 주신답니다."

"응? 대대장님이 직접?"

"예, 시설단에서 복무하신 적 있으시답니다."

여진수가 프린트를 조용히 내려놓으며 물었다.

"네가 말했어?"

"시설단에서 근무했다는 거 듣고 자료 있는지만 여쭤봤는데 바로 과외 잡아 주신 겁니다."

"하…… 이러면 대대장님한테 도움을 너무 많이 받는데."

"저도 그것 때문에 거절하려고 했습니다. 근데 그때 할 거 없다고 괜찮다고 하셨습니다."

"아, 그래?"

박희재는 두 사람이 덜 미안해하라고 한 말이었지만 대한과 여진수라고 그 배려를 모를까?

그저 알면서도 속아 주는 척할 뿐이었다.

그게 하급자의 미덕이었으니까.

물론 실제로도 박희재는 시간적 여유가 많았다.

대대의 2인자인 여진수가 일처리를 워낙 빠삭하게 잘했으니까.

물론 대한의 영향도 좀 있고 말이다.

그러니 기쁜 마음으로 도와줄 수 있는 것.

여진수가 자리에서 일어나 대한을 데리고 흡연장으로 향했다.

담배를 문 여진수가 대한에게 말했다.

"군 생활하면서 대대장님 한 번 더 모시고 싶은데 가능할지 모르겠다."

"과장님은 좀 힘드시지 않겠습니까? 시설단 끝나면 중령 진급 자리 찾아가실 거 아닙니까."

"후, 그러니까."

만약 여진수가 중령 진급을 한다면 박희재가 같이 근무하는 일은 있을 수 없었다. 그리고 지금 이 부대를 떠나는 순간 다시 만날 일 또한 없어 보였다.

그래도 그 마음이 참 기특하다.

대한이 웃으며 말했다.

"연락이라도 잘하면 되지 않겠습니까."

"마음이 불편하니까 그렇지."

"하지만 아무리 그래도 정작과장 연임은 좀 그렇지 않습니까."

"하하, 누구 군 생활 망치려고 그러냐. 그건 대대장님도 허락 안 하실걸?"

"제가 과장님 대신 대대장님 잘 모시겠습니다."

"그래, 부탁 좀 하자. 내가 너 도와줄 수 있는 위치까지 올라가면 그땐 확실히 도와줄게."

"좋습니다."

대한은 여진수와 다시 정작과로 복귀해 여진수가 준비한 자료들을 한번 훑어보았다.

박희재가 알려 준다고는 했지만 그의 설명을 빠르게 이해하려면 기초 지식은 있어야 하지 않겠나.

두 사람은 자료를 꼼꼼하게 살폈다.

칼퇴근은 이미 포기한 지 오래.

한참 뒤, 대한이 프린트를 내려놓으며 말했다.

"……과장님, 그냥 내일 대대장님께 과외를 받고 다시 보는 게 더 좋을 것 같습니다."

"……그치? 아, 이거 생각보다 더 골 아프네."

대한의 제안이 끝나기 무섭게 여진수가 프린트를 책상에 던지며 자리에서 일어났다.

"배고프다, 저녁이나 먹으러 가자."

"하하, 예."

대한은 여진수가 사는 저녁을 얻어먹고 부대로 복귀했다.

그리고 다음 날 아침.

대한은 수첩을 챙긴 후 여진수와 함께 대대장실로 향했다.

박희재는 두 사람을 앉혀 놓고 시설단에서 근무하던 시절의 이야기를 늘어놓았다.

대한과 여진수는 박희재의 이야기를 시간 가는 줄 모르고 들었다.

정말이었다.

그도 그럴 게 박희재가 들려주는 이야기는 시설단에서 싸운 이야기뿐이었으니까.

'그나저나 과외 해 준다기에 소령이나 중령급 때 복무한 줄 알았더니 20년 전에 근무한 걸로 수업할 줄은……'

그래도 도움이 아예 안 되는 건 아니었다.

훈련장 건축이나 시설물 보수를 할 때 어떤 곳을 집중적으로 봐야 하는지 알려 주는 건 자료에 없는 것들이었다.

이건 현장을 경험해 본 박희재만이 해 줄 수 있는 이야기인 셈. 이외에도 박희재는 현장에서 목소리 큰 걸 가장 미덕으로 삼았다.

박희재가 근무할 시절에는 공사 현장에서 상대를 제압 잘하는 게 가장 중요한 일이었으니까.

이윽고 약 한 시간이 넘는 수업이 끝나고 두 사람은 곧장 흡연장으로 향했다.

대한이 몸을 풀며 여진수에게 말했다.

"뭘 배운진 모르겠지만 굉장히 즐거운 시간이었습니다."

"큭큭, 나도 그렇게 생각한다. 대대장님 군 생활 이야기 들으니까 시설단에 가고 싶어질 정도네."

"하하, 제가 봤을 때 과장님이 시설단 가셔서 대대장님이랑 똑같이 하시면 바로 보직해임입니다."

여진수가 고개를 끄덕이며 답했다.

"지금 저렇게 군 생활하면 보직해임에 고소까지 당하지. 근데 넌 시설단은 진짜 생각 없는 거냐? 대위 때 한번 들르는 것도 좋아 보이는데?"

공병 병과를 살려서 진급하려면 그런 곳의 근무 경험도 필요하겠지.

하지만 대한은 대위 필수 보직인 중대장을 제외하고는 공병에 있을 생각이 없었다.

'보병자리 뺏으러 가야지.'

최대한 인사 쪽 자리만 선택해서 가 볼 생각이었다.

그렇게 하더라도 대한의 군 생활 1차 목표인 소령 진급을 달성하는 건 큰 어려움이 없어 보였으니까.

대한이 대답했다.

"전 일단 인사 쪽만 죽어라 파 볼 생각입니다."

여진수가 대한의 말에 피식 웃으며 말했다.

"네 말은 큰 부대에 인사 부서 가고 싶단 거 아니냐?"

"예, 맞습니다."

"공병한테 자리 쉽게 안 내줄걸?"

"제가 한번 뚫어 보겠습니다."

"큭큭, 그래. 한번 뚫어 봐라. 궁금하긴 하네."

"도와주실 거 아닙니까?"

"내가?"

"예, 설마 안 도와주실 생각이셨습니까?"

"참나, 도움이 될진 모르겠다만 최대한 도와는 주마."

두 사람은 이후 한참을 더 시시덕댄 후 각자 사무실로 복귀했다.

인사과로 복귀한 대한이 달력을 확인하며 남승수에게 물었다.

"담당관님, 조만간 대령 진급 발표 있지 않습니까?"

대한의 물음에 남승수가 놀라며 되물었다.

"그런 것도 아십니까?"

놀랄 수밖에.

고작해야 군 생활 2년 차가 대령 진급 발표까지 신경 쓰고 있다는 게 남승수 입장에선 그저 놀랄 따름이었으니까.

남승수의 반응에 대한이 어색하게 웃었다.

'이때만 되면 항상 확인했으니까.'

그래서 에둘러 대답했다.

"작년에도 이때쯤 본 것 같아서 한번 여쭤봤습니다."

"뭐, 발표 기다리시는 분이라도 있으십니까?"

"예, 있긴 합니다. 근데 헌병에 1차 진급이라 아마 힘들 것 같습니다."

"……헌병에서 대령 1차 진급이 있습니까?"

"잘 모르긴 하지만 있지 않겠습니까?"

인원이 적은 병과일수록 진급이 어려운 건 당연하다.

자리에 맞춰 진급자의 숫자를 결정하기에 어쩔 수 없었다.

로부터
장군까지

남승수가 물었다.

"군 생활 잘하시는 분입니까?"

"깔끔하게 하시는 분입니다."

"과장님이 군 생활 잘한다고 인정하는 분이면 진급하시겠죠."

"그게 왜 또 그렇게 됩니까."

"군 생활을 어떻게 하는진 모르지만 과장님이 인정하는 거면 최소한 과장님만큼은 한다는 거 아닙니까. 그럼 진급해야죠."

"아유, 갑자기 왜 또 얼굴에 금칠을……."

"하하, 과장님이 절 인정하지 않았습니까. 그러니 저도 진급할 겁니다."

농담처럼 한 말이었지만 반쯤은 진심이었다.

남승수도 진급이 간절한 사람 중 하나였으니까.

남승수가 이어서 말했다.

"무튼 아까 질문에 대답드리자면 아마 오후는 돼야 나올 겁니다."

"이미 여쭤보셨습니까?"

"예, 전에 같이 일하던 분한테 여쭤봤습니다."

"역시."

남승수와 같이 근무했던 사람들이라면 그를 잊기는 힘들 것이다. 이는 대한도 마찬가지였다.

'이 양반만큼 일 잘하는 사람도 없으니까.'

대한이 편하게 돌아다닐 수 있는 건 전부 남승수 덕분이었다.

"역시 담당관님이십니다."

"과장님도 인사과에 있다 보면 연락할 곳 많이 생기실 겁니다."

전생에선 대한도 연락해 볼 곳이 많이 있었다.

'그땐 진급 발표 나기도 전에 결과를 알 수 있었지.'

하지만 지금은 발표 시간도 알 수 없었다.

군 생활을 오래 안 했기 때문에 어쩔 수 없는 것.

원하는 대답을 얻은 대한은 아예 인트라넷을 끄고 오후가 되길 기다리기로 했다.

✱

오후 일과가 시작되고 대한은 인트라넷에 접속해 계속해서 새로 고침만 눌렀다.

남승수가 반복된 키보드 소리에 한숨을 쉬며 말했다.

"과장님, 모르시는 것 같아서 말씀드리는데 오후 일과 시작할 때 올라오는 거 아니면 오후 일과 끝날 때나 돼야 올라올 겁니다."

"그래도 혹시 모르지 않습니까."

"아니, 일하실 거 없으십니까?"

"이거 하려고 오전에 다 끝내 놨습니다."

"하……."

남승수가 대한을 바라보며 고개를 내저었다.

"본부중대 안 가신 지 좀 됐지 않습니까?"

"보급관님이 할 일 없다고 오지 말랍니다."

"후, 그럼 제 일이나 도와주십쇼."

"주십쇼."

"……진짜 도와주십니까?"

"도움 필요하면 언제든지 말해 달라고 했잖습니까. 말씀 안 하시길래 제가 못하는 거 하고 계시는 줄 알았습니다."

남승수가 질렸다는 듯 말했다.

"어휴, 그냥 해 본 소립니다. 도와주실 거 없습니다."

"있으면 바로 보내 주십쇼."

"아, 예."

대한은 십 분을 더 인트라넷을 바라보고는 그제서야 포기를 선언했다.

"이젠 시간이 애매한 것 같습니다. 그냥 퇴근할 때나 한번 봐야겠습니다."

"잘 생각하셨습니다. 그때는 같이 봐드릴 테니까 지금은 다른 거 좀 하십쇼. 참, 진단 준비는 잘하고 계십니까?"

"부대 안전진단 말입니까?"

"예, 아직 한 번도 안 받아 보지 않으셨습니까?"

대한은 남승수의 말에 서랍을 열어 파일 하나를 꺼냈다.

그리고 파일을 한 장씩 넘기며 말했다.

"분기별 교육은 다 해 놨고, 관심병사 최신화도 완료했고, 면담 기록 최신화해 놨고…….'

남승수가 대한이 넘기고 있는 파일들을 확인하고는 놀라며 물었다.

"아니, 이걸 다 뽑아 놓으셨습니까?"

"이러면 점검관들이 보기 편하지 않습니까."

"그, 그렇죠?"

"담당관님도 이렇게 해 두십쇼. 그러면 점검관들이 인사과에 오래 안 머물 겁니다."

부대 안전진단이란 상급부대에서 지시한 일을 예하부대가 잘 하고 있는지 확인을 나오는 것이었다.

이때는 보통 예하부대가 기록한 것들을 확인하는 작업이 주를 이루기에 컴퓨터에 오래 앉아 있어야 했다.

그래서 미리 뽑아 놓은 것이다.

검사한답시고 컴퓨터에 오래 앉아 있으면 생각지도 못한 잘못들을 찾아내기 때문.

'그 꼴 당할 바엔 미리 준비해 놓는 게 낫지.'

그러니 점검관들이 생각할 틈도 없이 자료를 들이밀고 빠르게 통과를 받아 내는 것이 가장 현명했다.

당연히 남승수도 이 사실을 알고 있었다.

하지만 남승수의 입장에선 대한이 이 사실을 알고 있다는 것 자체가 의문이었다.

"아니 근데 과장님은 대체 이걸 다 어떻게 아신 겁니까? 이번 건은 제가 알려 드리려고 했던 건데."

"아, 전임 인사과장님이 알려 줬습니다."

"단 인사장교님 말씀하시는 겁니까?"

"예, 맞습니다."

"흠…… 그분이 인사과장 할 때 진단 결과 보니까 고생 좀 하신 것 같던데."

대한도 고종민이 고생했다는 건 알고 있었다.

고종민이 힘들게 야근을 할 때 구해 줬던 것이 바로 대한이었으니까.

대한이 대수롭잖다는 듯 대답했다.

"고생할 때 같이 있었습니다."

"아, 그렇구나. 일 잘 배우셨습니다."

"내친 김에 담당관님 것도 만들어 드립니까?"

"아니, 전 그렇게 뽑을 수 없는 것들이 대부분이긴 한데……."

늘어지는 말꼬리에 대한이 남승수를 지그시 바라본다.

그 눈빛에 남승수가 조심스럽게 물었다.

"……진짜 가능합니까?"

"금방 만들어 드리겠습니다."

대한이 씩 웃으며 남승수 자리에 앉았다.

Chapter 4

대한이 본격적으로 컴퓨터를 만지기 시작하자 남승수가 걱정되는 투로 말했다.

"어려우시면 그냥 저 주셔도 됩니다."

"괜찮습니다."

자신이야 있었다.

내 짬이 얼만데.

게다가 이것들은 애초에 남승수가 없었다면 대한이 만들어 놓을 것들이었다.

그런데 뭐가 불가능하겠나.

물론 남승수가 의문을 가지는 건 이해가 됐다.

'나랑은 달리 검사받을 자료가 엄청나게 많으니까.'

그렇기에 대한도 모든 자료를 완벽하게 뽑아 놓는 건 무리였다.

하지만 이는 만드는 것 자체에 의의가 있었다.

'자신감을 보여 주는 거지.'

얼마든지 검사해 봐라.

뒤져도 나올 건 없기 때문에 시간 낭비하지 말고 이거나 보고 가라는 의미를 내포하는 것과 다름없었다.

대한은 남승수의 자리로 이동한 뒤 자료를 하나씩 프린트하기 시작했다.

자료가 많았기에 중간에 용지까지 다시 공급해야 할 정도였다.

이내 모든 자료를 출력한 대한이 자료를 정리하기 시작했다.

남승수는 대한을 멍하니 바라보고 있었고 그러기를 잠시, 대한이 모든 정리를 마치고는 남승수에게 말했다.

"캐비닛에 넣어 두겠습니다."

"가, 감사합니다……."

"담당관님도 좀 쉬십쇼. 일 다 끝내고 쉬는 게 사무직의 꽃 아닙니까."

대한은 캐비닛에 부대 안전진단 관련한 자료를 잘 정리하고는 자리로 돌아왔다.

그리고 휴대폰을 확인하려던 그때 남승수가 말했다.

"어? 과장님 대령 진급자 나온 것 같습니다."

"어, 정말입니까?"

대한은 서둘러 명단을 확인했다.

그리고 진급자 명단에 떡하니 박혀 있는 반가운 이름을 볼 수 있었다.

그 이름은 바로 천용득이었다.

그것을 본 대한이 코를 찡긋하며 감탄했다.

"……크."

"왜 그러십니까? 아시는 분 진급하셨습니까?"

"예, 1차 진급입니다."

"동명이인 아닙니까?"

"아닙니다. 제가 이분은 군번도 알고 있습니다."

대한은 서둘러 천용득에게 전화를 걸었다.

"충성! 천 대령님, 진급 축하드립니다!"

ㅡ……응? 발표 났어?

"방금 확인하자마자 연락드렸습니다. 인트라넷 확인해 보십쇼."

ㅡ자, 잠깐만.

대한의 말에 천용득이 허둥지둥 진급 결과를 확인한다.

그리고 이내 수화기 너머로 한숨 소리가 들려왔다.

ㅡ후…… 1차 진급은 진짜 생각지도 못했는데…….

"축하드립니다. 이제 휴대폰에 축하 전화 계속 들어오실 테니 얼른 전화 끊겠습니다."

-그래, 고맙다. 대한아.

"대대장님께는 제가 바로 말씀드리겠습니다."

-어, 부탁 좀 할게. 선배한테 내가 따로 연락드린다고 해.

천용득의 부탁에 대한이 바로 자리에서 일어나려던 찰나였다.

-어, 어! 자, 잠깐만 대한아 스톱!

"왜 그러십니까?"

-너, 너 진급자 다 확인해 봤냐?

"천 대령님 이름만 검색해 봤습니다만…… 누구 또 진급하신 분 있습니까?"

-……선배도 진급했다.

"선배? 어떤 선배님 말씀하시는 겁니까?"

-누구긴 누구야 너희 대대장이지!

"……?!"

천용득의 말에 대한은 서둘러 자리로 돌아가 명단을 확인했고 거기엔 박희재의 이름과 군번이 떡하니 포함되어 있었다.

"미, 미친!"

-빨리 가 봐라!

"예, 예!"

이게 무슨 일이지?

박희재가 진급하다니?

대한은 온몸에 소름이 돋으면서도 달려가는 내내 입가에서 미소를 지울 수가 없었다.

"대대장님!"

"어, 대한이냐. 들어와라."

대한이 상기된 표정으로 대대장실의 문을 열고 들어갔다.

그러나 박희재는 아직 본인의 진급 사실을 모르는지 평소와 다를 바 없는 표정.

멀뚱한 표정으로 자신을 쳐다보는 박희재에게 대한이 소리 쳤다.

"대대장님, 진급 축하드립니다!"

"뭐? 누가 진급했어?"

"아니, 대대장님 말입니다."

"……나?"

"지금 바로 인트라넷 확인해 보십쇼."

박희재가 고개를 갸웃거리는 것도 잠시, 이내 표정이 굳어 갔다. 그리고 다급히 컴퓨터를 확인했고 본인의 진급 사실을 확 인했다.

대한이 박희재의 반응을 보고는 미소를 지으며 말했다.

"제가 가장 먼저 진급 사실을 알려 드릴 수 있어서 영광입니 다."

"아, 아니…… 이게 왜…… 내가 왜……?"

본인도 모르는 사실을 대한이라고 알까.

다만 확실한 건 이 모든 게 꿈이 아닌 진짜라는 것.

대한은 그저 미소를 지을 뿐이었다.

그때, 박희재의 휴대폰이 울리기 시작했다.

"축하 전화인 것 같은데 전 먼저 나가 보겠습니다."

"어, 어. 그래. 이, 일단 내가 이따 다시 부르마."

대대장실을 빠져나온 대한이 곧장 정작과로 향했다.

"과장님, 대대장님 진급하셨습니다."

"……응? 누가 진급을 해?"

여진수 또한 박희재와 같은 반응이었다.

누가 믿을 수 있겠나.

진급을 포기했다고 본인 입으로 말하고 다니던 사람인데 갑자기 진급이라니.

대한이 미소를 유지하고 있자 여진수가 대한을 빤히 바라보며 물었다.

"……진짜야?"

"제가 설마 이런 걸로 거짓말하겠습니까. 인트라넷 확인해 보시면 바로 알 수 있으십니다. 전 일단 단장님 좀 뵙고 오겠습니다."

"어어, 그, 그래. 알겠다."

여진수에게만 알리면 대대 병력들에게 따로 알릴 필요도 없었다.

대한은 그대로 단으로 향했고 단장실의 문을 두드렸다.

이내 이원영의 목소리가 들려왔고 대한이 문을 열고 들어가며 말했다.

"단장님, 인트라넷 확인해 보셨습니까?"

"인트라넷? 왜?"

"대령 진급 발표 났습니다."

"아, 그래?"

이원영도 기다렸던 소식이었는지 미소를 지으며 컴퓨터를 확인했다.

"육사에서 같이 있었던 후배들 중에 누가 진급했나 볼까."

대한도 자연스럽게 이원영의 뒤에 섰다.

그리고 하나씩 확인을 하던 이원영에게 대한이 말했다.

"공병은 확인 안 하십니까?"

"이번에 대령 진급하는 사람들 중에 공병은 없어."

"대령 진급 대상자 한 분 있지 않습니까?"

"누구? 내가 알기론 없는데?"

이원영이 스크롤을 내려 공병 대령 진급자를 확인했다.

그리고 얼마 지나지 않아 침침하던 눈이 점점 커지더니 여태 본 것 중에 가장 커진 눈이 되었다.

"……희재가 왜 여기 있지? 혹시 대대장 군번 아냐?"

"적혀 있는 군번과 정확히 일치합니다."

대한의 말에 이원영이 천천히 고개를 돌려 대한을 멍하니 쳐다본다.

그 모습에 대한이 씩 웃으며 말했다.

"이제 뭐 하면 되겠습니까?"

대한이 이원영에게 전화로 사실을 알리지 않고 직접 찾아온 이유는 박희재의 진급 축하를 어떻게 해야 할지 회의하기 위해서였다.

다른 사람도 아니고 무려 박희재의 진급이었으니까.

'내가 살면서 대령으로 진급하는 사람 축하를 다 해 보네.'

그래서 고민이었다.

보통은 즉시 퇴근에 휴가를 얹어 주었지만 다른 사람도 아니고 박희재이지 않은가.

하물며 대령 자리가 극히 적은 공병에서 진급했다.

이건 절대로 그냥 넘어가선 안 됐다.

심지어 대령 자리도 극히 적은 공병에서 나온 대령이었다.

남들이 진급할 때처럼 평범하게 넘어갈 일이 절대 아니었다.

이원영이 여전히 멍하니 대한을 바라보며 답했다.

"……어쩌지? 휴가 출발이라도 시켜야 하나?"

"그렇게 넘어갑니까?"

"아니, 아니지. 절대로 아니지. 학군에서 공병 대령이 나왔는데 그렇게는 절대로 아니지."

심지어 박희재는 대한과 같은 학군 출신.

그러니 더더욱 그냥 넘어가선 안 됐다.

대령 자리가 적은 공병.

조금 정신을 차린 이원영이 이내 한숨을 내쉬었다.

두 사람 사이에 잠시 정적이 흐르고, 이원영이 먼저 입을 열었다.

"지금 통화 중이겠지?"

"예, 제가 알려 드리고 나올 때 전화를 받기 시작하셨습니다."

"일단 내려가자. 나도 축하는 해 줘야지."

머리를 맞댄다고 시원한 답이 생기는 것이 아니었다.

그리고 심각하게 해결해야 할 사항도 아니었기에 두 사람은 미소를 지으며 대대로 이동했다.

✱

대대 지휘통제실.

이원영이 박희재의 자리에 앉아 대대 전 간부를 소집했다.

박희재의 전화가 끊길 기미가 보이지 않아 일단 대대 간부들에게 경사를 알리기 위함이었다.

발 없는 말이 천리 간다고 이미 소식은 모두 퍼져 있었다.

이원영이 씩 웃으며 물었다.

"너희들도 놀랍지?"

그의 말에 미소 짓고 있던 간부들이 웃음을 터트렸다.

당연히 놀랍지 않겠나.

항상 스스로를 짬 중령이라고 하고 다녔는데 갑자기 진급이라니.

게다가 부하들에게 워낙 잘해 주던 대대장이었기에 모두들 그의 진급을 진심으로 축하했다.

이원영이 간부들의 반응에 고개를 끄덕이며 말했다.

"거하게 축하를 해 줘야하는데 어떻게 해 줘야할지 도무지 감이 안 잡히네. 뭐 좋은 아이디어 있나?"

이원영의 물음에 여진수가 답했다.

"오시기 전에 간부들끼리 고민해 본 것이 있는데 말씀드려도 되겠습니까?"

"오, 좋아. 이야기해 봐."

"일단 대대장 보직에서 진급하는 게 흔한 일은 아니지 않습니까?"

"그렇지. 중대장 하다가 소령 진급하는 일은 종종 있어도 대대장 하다가는 진급하기 쉽지 않지."

대대장은 중령 계급의 필수 보직이었다.

그렇기에 대부분의 중령들이 진급과 동시에 대대장 보직을 하고 다른 보직으로 이동한다.

하지만 박희재는 대대장 보직을 마치고 이리저리 굴러다니다가 다시 대대장 보직을 하고 있는 것.

짬 중령이 아니고서야 2차 대대장을 하는 경우는 잘 없었다.

그래서 더 놀라운 것이다.

'짬 중령이 진급하는 경우는 더 드무니까.'

유망한 후배들이 줄을 서고 대기를 하고 있는데 짬만 가득 찬 중령에게 기회를 주겠나.

물론 대한이 보기에는 박희재만 한 군인도 없었다.

하지만 자력으로 진급을 결정하는 군대에서 박희재의 자력은 경쟁력이 없었다.

대한이 생각해도 진급을 한 게 신기했다.

여진수가 이원영에게 답했다.

"저도 처음 겪는 경우라 당황스럽긴 했는데 생각해 보니 지금처럼 좋은 진급 타이밍도 없다는 생각이 들었습니다."

"좋은 타이밍?"

"축하해 줄 사람이 굉장히 많은 상황이지 않습니까."

여진수가 미소를 짓자 이원영 또한 이해했는지 미소를 지으며 그의 어깨를 두드렸다.

"하하, 간단하고 제대로 된 방법이 있었구만. 대대장도 좋아할 거다."

"감사합니다. 그럼 단장님과 인사과장이 대화 나누시는 동안 준비해 놓겠습니다."

"내가 바로 퇴근시키면 되는 거지?"

"하하, 예. 그렇습니다."

이원영이 흡족해하며 자리에서 일어나 대한을 불렀다.

"대한아, 들어가자."

"그냥 들어갑니까?"

"이쯤 전화 받았으면 됐을 거야. 그리고 우리도 중요한 사람이잖아?"

그래.

다른 사람도 아니고 이미 대령 진급을 해 본 사람이 말하는 건데 맞겠지.

그리고 박희재에게 축하 전화를 하는 사람들만큼 우리도 중요했다.

대한이 미소를 지으며 이원영의 뒤를 따르려던 그때 여진수가 대한을 붙잡았다.

"대한아."

"예, 과장님."

"가서 대대장님 차 키 좀 몰래 가지고 나와라."

"아, 알겠습니다."

대한도 여진수가 뭘 하려는지 잘 알고 있었기에 흔쾌히 고개를 끄덕였다.

잠시 후, 이원영이 대대장실의 문을 열었고 마침 전화 통화를 끊은 박희재가 이원영을 보며 말했다.

"어, 왔나?"

"진급한 놈치곤 별로 좋아하는 기색이 안 보인다?"

"하, 너무 뜬금없어서 정신없기만 하다."

그리 말은 하지만 얼굴엔 웃음이 걸려 있었다.

박희재가 자리에서 일어나 음료수라도 꺼낼 요량으로 냉장

고로 향했다.

그사이 대한은 책상에 있는 박희재의 차키를 잽싸게 챙기는데 성공했고 그 모습을 본 이원영이 얼른 자리에 앉으며 대한에게 말했다.

"아, 맞다. 대한아 넌 가서 아까 내가 시킨 그것 좀 해라."

"아, 넵, 알겠습니다."

이런 센스쟁이 같으니라고.

덕분에 대한은 스무스하게 대대장실을 나올 수 있었고 두 사람은 본격적으로 이야기꽃을 피우기 시작했다.

✳

대대장실에서 나온 대한은 곧장 여진수에게 향했다.

그리고 박희재의 차키를 건네자 여진수가 피식 웃으며 말했다.

"이야, 이걸 진짜 가지고 오네?"

"항상 책상에 놔두시지 않습니까. 그리고 단장님이 좀 도와주셔서 빨리 나올 수 있었습니다."

"큭큭, 내가 너니까 시켰지 다른 사람이면 시키지도 않았을 거다. 무튼 네 덕분에 완벽하게 준비할 수 있겠다."

"뭐 도와드릴 거 있습니까?"

"흠, 두 분 금방 나오실 것 같아?"

"아마 이야기 좀 하다 오실 것 같습니다."

"다행이네. 그럼 넌 대대장실 앞에서 망보다가 두 분 나오시면 나한테 연락 줘라. 차는 위병소에 있다고 말씀드리고."

"예, 알겠습니다."

"준비되는 대로 연락할 테니까 폰 잘 보고 있어."

여진수는 대한의 어깨를 두드리고는 막사를 벗어났다.

그로부터 십분 뒤, 이원영과 박희재가 대대장실에서 나왔다.

그런데 아직 여진수에게 연락이 안 왔다.

대한이 휴대폰을 확인하고는 입술을 깨물었다.

'아직 준비가 덜 된 것 같은데.'

박희재는 대대장실에서 나와 정작과로 향하려고 했다.

아마 먼저 퇴근한다고 여진수에게 말하기 위해서겠지.

그 모습을 본 대한이 얼른 박희재 앞에 나타났다.

"대대장님, 정작과장 잠시 나갔습니다."

"아, 그래? 흠, 단장이 나 당장 퇴근하라고 하니까 과장한테 전달 좀 해 줘라."

"예, 알겠습니다."

"그리고 혹시 나한테 급하게 결재 올려야 할 것들 있냐?"

대한이 부대 일정을 떠올리고는 답했다.

"당장 급한 건 없습니다."

"흠, 다른 부서도 없나?"

"예, 없습니다."

대한이 조금도 고민하지 않고 자신 있게 답하자 이원영이 고개를 갸웃거리며 물었다.

"대한아, 정작과랑 군수과를 물어보는 건 줄은 알고서 대답하는 거지?"

"예, 그렇게 이해하고 답변드리는 거 맞습니다."

"아…… 그, 그렇구나."

다시 한번 대한을 부하로 둔 박희재가 부러워지는 순간이었다.

그도 그럴 게 이런 내용은 정작과장에게 물어봐도 바로 답변 나오기가 힘들었으니까.

하지만 대한은 자신이 있었다.

'대대 휴가 때문에 싹 파악해 뒀지.'

쉬러 가는 것도 중요하지만 일이 우선 아니겠나.

그러라고 나라에서 돈을 받는 건데 할 건 하고 가야지.

박희재는 대한의 대답에 흐뭇해하며 말했다.

"단장이 한 일주일은 출근할 생각도 하지 말라고 해서 한번 물어봤다."

"한 달도 괜찮습니다. 부대 운영에 이상 없도록 잘하고 있을 테니 편히 쉬고 오셔도 됩니다."

"큭큭, 한 달 동안 내가 필요 없으면 안 되는 거 아니냐? 그럼 내가 대대장으로 있을 필요가 없잖아."

"하하, 사실 한 달은 너무 자신감이 과했던 것 같고 2주 정도는 진짜 괜찮을 것 같습니다. 그 뒤에는 돌아와 주셔야 합니다."

박희재가 대한의 어깨를 두드려 주며 말했다.

"내가 우리 참모들 덕분에 진급했다고 생각한다. 그리고 내가 언제 단장 말 듣는 거 봤냐? 이틀만 쉬고 출근할 거니까 그때까지 병력들 데리고 잘 놀고 있어."

"예, 알겠습니다!"

이원영은 두 사람의 대화에 어이없다는 듯 말했다.

"야, 넌 단장이 듣고 있는데 대대장이 그런 식으로 말하면 어떻게 하냐?"

"뭐, 어때. 대한이가 모르는 것도 아닌데."

"그렇긴 한데…… 에휴, 차라리 진급해서 다행인 것 같다. 이제 같은 대령 말 안 듣는 거니까."

그 말에 박희재와 대한이 웃었다.

특히 대한이 진심으로 웃었다.

이제 박희재가 대령이 됐으니 미래는 안 봐도 뻔했기 때문.

'이제 계급도 같겠다, 전보다 더 자주 투닥거리겠군.'

박희재가 웃으며 말했다.

"아참, 근데 내 차 키 못 봤냐?"

그 말에 대한과 이원영이 동시에 눈치를 살폈다.

"차에 두고 내리신 거 아닙니까?"

"아, 그런가? 아닌데…… 분명 들고 책상에 올려 둔 것 같은데."

대한이 휴대폰을 슬쩍 확인하고는 고개를 갸웃거리며 답했다.

"오늘 책상에 올라와 있는 거 못 본 것 같긴 한데…… 제가 한번 확인해 보겠습니다."

대한은 박희재의 대답도 듣지 않고 대대장실로 들어갔다.

그리고 당연히 없을 차 키를 찾는 척을 했다.

박희재 또한 대한과 같이 찾아보았고 이내 대한을 멈춰 세웠다.

"됐다. 이만큼 찾아서 없는 거면 차에 놔두고 왔겠지."

"아, 그래도 헛걸음하시면……."

그때, 대한의 휴대폰에 진동이 울렸다.

'타이밍 좋고.'

대한이 재빨리 말을 바꾸었다.

"……차에 놔두고 오신 것 같습니다."

"그렇지? 이만큼 찾았는데 안 나오는 걸 보면 여긴 없는 거야. 얼른 나가자. 내가 나가야 너희들이 편하게 있지."

박희재는 대한의 어깨에 손을 올리고 주차장으로 향했다.

그리고 본인의 차량이 없어진 것을 보고는 황당해하며 말했다.

"……차 키만 없어진 게 아니고 차도 없어졌네?"

대한이 이원영과 눈빛을 교환하고는 박희재에게 말했다.

"대대장님, 차량 위병소에 위치해 있습니다."

"응?"

"뒤따라가겠습니다."

대한과 이원영이 자연스럽게 박희재의 뒤에 섰다.

그러자 박희재가 고개를 갸웃하며 물었다.

"둘이 뭐 하냐?"

이원영은 그런 박희재에게 미소를 지으며 턱을 까딱였다.

이쯤 되면 두 사람이 뭔가 준비했다는 걸 모르는 게 더 이상했다.

박희재가 고개를 내저으며 위병소로 향했다.

그렇게 주차장을 벗어나 코너를 돌자마자 박희재가 걸음을 멈췄다.

그리고 뒤를 돌아보며 두 사람에게 어이가 없다는 듯 말했다.

"야…… 이게 무슨……."

"하하, 모두 대대장님 축하드리러 모인 겁니다."

"참 나……."

박희재가 놀란 이유.

다름 아닌 대대 전 병력들이 모두 모여 박희재의 퇴근길 양쪽으로 도열해 서 있었기 때문이다.

그때, 박희재의 등장에 병력들이 우레와 같은 박수를 치며 외쳤다.

"대대장님! 진급을 축하드립니다!!"

"진급 축하드립니다!!"

"축하드립니다!!"

"잘생기셨습니다!!"

"멋지십니다!!"

짝짝짝짝―

대대 병력들이 소리치며 박수를 치자 굉장한 소리가 만들어졌다.

박희재는 그들의 축하에 얼마간 우두커니 그 광경을 지켜보았다.

생각지도 못한 이벤트.

그리고 병사들의 목소리에서 느껴지는 진심에 마음 속 깊이 감동을 받은 것이었다.

멍하니 서 있는 박희재에게 이원영이 다가가 어깨를 감싸며 말했다.

"뭐해, 애들 손바닥 아프겠다. 얼른 가지?"

"아, 어. 가, 가야지."

그제야 박희재가 병력들의 도열을 지나가기 시작했다.

"와아아아아!!"

"축하드립니다!!"

"정말 축하드립니다!!"

병력들은 귀가 아플 정도로 환호를 질러 댔지만 전혀 귀가 아프지 않았다.

　오히려 온몸에 소름이 돋고 콧대가 시큰해졌다.

　하지만 지휘관은 울지 않는다.

　박희재는 늠름한 지휘관답게 웃으며 병력들을 향해 손을 흔들어 주었고 도열의 끝자락에는 대대 간부들이 모두 다 모여 있었다.

　여진수가 뿌듯한 표정으로 박희재에게 말했다.

　"대대장님, 진급 축하드립니다!"

　"하하, 고맙다. 언제 이런 걸 준비했어?"

　"대한이가 대대장님 진급하신 걸 알려 주자마자 바로 준비했습니다. 급하게 준비하느라 좀 부족했습니다."

　"부족은 무슨…… 내가 군 생활하면서 받은 진급 축하 중에 최고였다."

　박희재는 여진수를 시작으로 간부들 하나하나와 일일이 악수를 해 주었다.

　이내 간부들과의 인사가 끝나자 여진수가 말했다.

　"대대장님, 잠시 대기해 주시겠습니까?"

　"응?"

　그 사이, 여진수가 재빨리 병력들을 불러 모았다.

　그리고 오와 열을 맞춰 세우고는 제대 맨 앞에 서서 말했다.

　"대대장님 퇴근하시는데 경례도 안 할 수 없지 않겠습니까."

　"하하, 난 또 뭐라고. 그래, 군인한테 경례가 빠지면 쓰나."

박희재가 복장을 점검한 뒤 여진수의 맞은편에 자리했다.

그러자 여진수가 제식을 맞춰 지휘를 시작했다.

"부대 차렷! 대대장님께 대하여 경례!"

"충! 성!"

위병소가 떠나갈 정도로 큰 경례 소리가 박희재를 향했고 여진수가 뒤를 돌아 경례했다.

"충! 성!"

박희재 또한 절도 있게 경례를 받아 주었다.

"충성!"

대한과 이원영은 옆에 잠깐 빠져서 그 모습을 지켜보았다.

가슴이 뜨거웠다.

내가 진급한 것도 아닌데 가슴이 뭉클해졌고 이는 이원영도 마찬가지인 것 같았다.

"나보다 늦게 진급하는 건데 왜 이렇게 부럽냐."

"저도 부럽습니다."

"그래도 이런 거 보면 희재가 참 군 생활을 잘했어."

그 말에 대한도 고개를 끄덕일 수밖에 없었다.

'이런 진급 축하를 받아 볼 수나 있을까.'

진급을 하는 게 문제가 아니었다.

군 생활을 하며 부하들의 인정을 받아야 가능한 일이었고 박희재는 그간의 고생을 보상받는 기분일 것이다.

군대에선 인정이 전부였으니까.

대한은 박희재를 향해 박수를 치는 것도 잠시, 이원영에게 말했다.

"단장님, 혹시 제가 대대장님을 모셔다 드리고 와도 되겠습니까?"

"희재를?"

"예."

이원영이 대한에게 그럴 필요 있냐고 말하려 했지만 이내 고개를 끄덕였다.

"그게 좋겠구나. 잘 데려다주고 와라."

이원영은 주머니에서 지갑을 꺼내 대한에게 카드 하나를 내밀었다.

대한은 카드를 받아 들고는 그대로 위병소 밖에 세워 놓은 박희재의 차로 향했다.

그리고 조수석의 문을 열어 둔 채 박희재를 기다렸다.

박희재는 병력들에게 손을 흔들어 주다가 대한을 발견하고는 피식 웃었다.

"이야, 데려다주기까지 하려고? 오늘 완전 풀코스네?"

"하하, 예. 거절은 거절하겠습니다."

"큭큭, 그래. 내가 네 고집을 꺾을 자신은 없으니 고맙게 타마."

박희재는 병력들에게 마지막으로 손을 흔들어 주고는 조수석에 몸을 던졌다.

대한이 박희재를 따라온 여진수에게 말했다.

"모셔다 드리고 복귀하겠습니다."

"그래, 조심히 다녀와라."

여진수가 대한의 어깨를 두드려 주었고 대한이 핸들을 잡고 차를 몰기 시작했다.

그렇게 박희재의 집으로 가는 길.

대한이 박희재에게 말했다.

"대대장님, 저 요 앞에 슈퍼에서 마실 거 하나만 사 와도 되겠습니까?"

"어, 그래. 나도 목이 마르던 참인데 잘 됐다. 내 것도 좀 사 오거라."

박희재는 대한에게 카드를 건네주었고 대한이 슈퍼에서 좀 떨어진 곳에 차를 정차하고는 음료수를 사 왔다.

그리고 박희재에게 음료수를 건네주며 말했다.

"저 결제가 잘못된 것 같아서 잠시만 다시 다녀오겠습니다."

대한이 박희재의 대답도 듣지 않고 차에서 나와 그대로 슈퍼로 향했다.

하지만 슈퍼에 들어가진 않았다.

그도 그럴 것이 애초에 결제가 잘못된 일 따윈 없었으니까.

대한은 차량에서 보이지 않는 곳에 앉아 한참을 기다렸다.

그렇게 20분쯤 지났을까.

대한의 휴대폰이 울렸다.

−이제 와라.

"예, 대대장님."

대한이 재빠르게 차량으로 복귀했고 말없이 차를 출발시켰다.

박희재는 창문을 열고 바람을 맞는 것도 잠시 이내 피식 웃으며 말했다.

"원영이가 자리 비워 주라고 시켰냐?"

"예? 아, 아닙니다. 슈퍼 할아버지가 카드 단말기를 잘 못 만지셔서 늦은 겁니다."

대한의 대답에 박희재가 고개를 내저으며 말했다.

"자식…… 고맙다."

대한은 박희재의 말에 정면을 바라보며 미소를 지을 뿐이었다.

✻

대한은 박희재가 집에 들어가는 것을 확인하고는 바로 부대로 복귀했다.

그리고 곧장 이원영에게 가 보고했다.

"충성! 잘 모셔드리고 복귀했습니다."

"고생했다. 기분은 좋아 보이더냐?"

"생각이 많으신 것 같았습니다."

그 말에 이원영이 미소를 지으며 고개를 끄덕였다.

"나도 그랬어. 중령 진급할 때까지만 해도 기뻤는데…… 어유, 그때 생각하니 또 울컥하네. 그래, 너도 이만 내려가서 퇴근 준비해라."

"예, 알겠습니다."

대한은 그대로 인사과로 내려와 업무를 정리하기 시작했다.

그때, 대한의 휴대폰으로 김영필에게 전화가 왔다.

"예, 영필 씨."

-중위님, 잘 지내셨어요?

"예, 뭐 덕분에. 근데 무슨 일이세요?"

-다름이 아니고 말씀 나눴던 섭외 건 때문에 연락드렸습니다. 다행히 축제 때 오기로 한 모든 가수들이 중위님 부대를 한 번씩 거쳐 가겠다고 했습니다.

좋은 소식이었다.

대한이 고개를 끄덕이며 말했다.

"잘됐네요. 비용은 필요한 만큼 증액해 드릴 테니까 걱정 안 하셔도 됩니다."

-하하, 네, 감사합니다. 아, 그리고 혹시 군부대 쪽은 무대 장비 셋팅이 어떻게 진행되는지 알 수 있을까요?

"이제 슬슬 알아보려던 참이라…… 시간을 조금만 주시면 금방 회신드리겠습니다."

-오, 아직 계획이 없으시면 제가 도움을 드려도 될까요?

"영필 씨가요?"

-네, 혹시 몰라서 무대 장비 셋팅 건도 알아봤는데 중위님만 오케이 하시면 무대 셋팅도 금방 할 수 있을 것 같습니다.

대한은 김영필의 센스에 감탄했다.

'역시 군필은 다르네.'

무대 장비 때문에 조만간 전화를 돌려 볼 생각이었다.

그런데 김영필이 미리 준비를 해 주다니.

사람 하나는 잘 찾은 것 같았다.

"역시 총학생회장님은 다르네요."

-하하, 기본이죠. 그냥 부르기만 하면 저도 기획사한테 욕먹습니다.

"그렇겠네요. 금액은 저한테 다 말씀해 주시면 됩니다."

-문자 보내드리겠습니다. 그리고 기획사에서 연락 갈 겁니다. 당일에 출입 동선만 잘 짜 주시면 됩니다.

"예, 알겠습니다. 신경 써 주셔서 감사합니다."

대한은 김영필과의 전화를 끊고는 속이 편안해졌다.

여태껏 외부 인력과 일을 할 땐 혼자서 다 해왔는데 이렇게 알아서 착착 일 처리를 해 주는 사람이랑 일하니 참 행복했다.

'계속 총학생회장으로 남아 있으면 좋겠네.'

나중에도 김영필과 이런 행사를 준비했으면 했다.

하지만 내년이면 없어질 인물.

참 아쉬웠다.

'졸업하면 뭐 할 건지 물어봐야겠어.'

대한에게 도움이 되는 곳으로 갔으면 하는 바람이었다.

✳

며칠 뒤, 대대 휴가 당일.

대한은 연병장에 서서 버스를 확인하는 중이었다.

그때, 사복차림인 정우진이 대한에게 다가왔다.

"네가 인사과장으로 있으니까 이런 휴가도 다 가 보네."

"하하, 제가 인사과장으로 있는 것 때문이 아니라 대대장님
께서 열려 있는 분이라 가능한 거 아니겠습니까."

"그것도 그렇지. 대부분의 대대장님들은 이런 걸 허락하실
리가 없으니까."

빈말이 아니라 진짜였다.

이는 박희재가 아니었다면 불가능한 일.

그도 그럴 게 박희재는 진급을 포기한 중령이라 아무거나
전부 편하게 허락하던 차였으니까.

'아직 기회가 남은 중령들이었으면…….'

생각만 해도 끔찍했다.

특히 진급에 눈이 먼 대대장이라면 상급자에게 잘 보이기 위
해 더운 여름에도 강도 높은 훈련을 하는 경우도 있었으니까.

'그게 아니면 상급부대 눈치 보느라 휴가는 생각도 못 했지.'

그래서 새삼스레 박희재가 참 고마웠다.

대한이 웃으며 말했다.

"특별한 대대장님이시니까 이번에 진급하신 거 아니겠습니까."

"큭큭, 그건 그래. 진짜 대박이긴 해. 2차 대대장 하다가 진급하시다니…… 그나저나 대대장님은 언제 복귀하시냐?"

"내일 복귀하신다고 연락받았습니다."

"그럼 휴가 출발 신고 안 하고 그냥 출발해?"

"준비 다 되면 단장님께서 내려오시기로 하셨습니다."

이원영은 졸지에 대대장 대리 임무를 수행 중이었다.

불만은 많았지만 어쩌겠나.

박희재를 장기 휴가 보낸 장본인이었기에 그냥 할 수밖에 없었다.

정우진은 버스에 탑승하는 병력들을 확인하며 말했다.

"첫날에는 2중대랑 지원중대 먼저 다녀오는 거지?"

"예, 맞습니다. 부대는 1중대랑 본부중대가 잘 지키고 있겠습니다."

"그래, 먼저 잘 놀다 오마."

정우진이 대한의 어깨를 두드리고는 버스를 직접 확인하러 이동했고 잠시 후, 이원영이 대대 연병장으로 내려왔다.

"충성!"

"후, 단에서도 못 간 휴가를 대대가 가다니……."

"그래도 내일 회식은 같이 하지 않습니까."

"회식은 나도 시켜 줄 수 있어, 인마. 그냥 우리 애들도 휴가 갔으면 하는 거지. 계획 짤 때 단도 넣어서 같이 하지 그랬냐?"

대한도 그 생각을 안 해 본 건 아니었다.

그러나 같이 가기에 제약이 너무 많았다.

'이동 수단부터 시작해서 휴가지 수용 인원 등 여러 가지 문제가 있었지.'

가장 우려되는 점은 부대에 사람이 너무 없다는 것.

대대가 편하게 다녀올 수 있는 건 단이 있기 때문이었다.

그럼에도 대대 전 병력이 한 번에 갈 수는 없었다.

2개 중대씩 나눠서 남아 있는 인원들이 부대를 지키기로 했고 분명 이원영도 이 사실을 잘 알고 있을 것이다.

그러니 이건 그냥 대한에게 투정을 부리는 것.

대한이 미소를 지으며 답했다.

"제가 대대 인사과장이라 시야가 좁았던 것 같습니다. 내년에는 꼭 단과 함께할 수 있도록 계획을 짜 보겠습니다."

"네가 시야가 좁은 거면 다른 애들은 눈을 감고 다니는 거냐? 그리고 내년? 내가 없는데 그게 무슨 의미가 있어?"

"그럼 이번에 단장님이라도 같이 가시는 건 어떠시겠습니까?"

"크흠…… 됐다. 내가 무슨 애도 아니고."

그냥 본인이 휴가가 가고 싶었던 거였구만.

아무래도 이원영은 부대를 떠나기 전에 추억을 쌓고 가고 싶은 것 같았다.

이해는 됐다.

'이런 A급들과 군 생활을 다시 할 기회는 없을 테니.'

이는 비단 대한 혼자서 잘한다고 되는 문제가 아니었다.

단체 생활을 하면 꼭 구멍 한두 개는 있기 마련이고 그 구멍이 나비효과를 만들어 대참사를 일으킨다.

그런데 이번에는 구멍이랄 게 딱히 없다.

그러니 이원영도 단장으로서 추억을 좀 쌓고 싶었던 것.

그의 심정을 이해한 대한이 웃으며 말했다.

"단에 병사들은 제가 제대로 챙기겠습니다. 단장님과 간부들이랑 따로 시간을 가질 수 있도록 계획 한번 해 보겠습니다."

"그래? 흠흠, 시간은 괜찮고?"

"사실 생각은 하고 있었습니다. 이번 휴가 같은 경우에는 단과 같이 못 가는 거 단장님이 제일 잘 알고 계시지 않습니까."

"알지. 그냥 장난 한번 쳐 본 거다."

"그리고 저는 물론이고 부대에 간부들 모두 단장님이 떠나는 걸 아쉬워하고 있습니다. 그냥은 못 보내 드리지 않겠습니까."

그 말에 이원영의 고개가 살짝 기울어졌다.

"아쉬워한다고? 그럴 리가 없는데?"

"왜 그렇게 생각하십니까?"

"너는 잘 모르겠지만 내가 단 간부들한테는 굉장히 깐깐한 지휘관일 테니까?"

"그래도 근거 있는 깐깐함이시지 않습니까. 그러니 아무도 불만이 없는 것 아니겠습니까."

"흠…… 간부들이 그렇게 생각해 주니 고맙구만. 그나저나 너는 왜 아쉽냐?"

"제가 제일 아쉽지 않겠습니까? 단장님 덕분에 편하게 군 생활하고 있는데 당연히 아쉽습니다."

"얼씨구, 너는 아쉬워하지 마."

"왜 그러십니까?"

"너랑 군 생활하면 피곤해. 네가 사고를 한두 개를 쳐야 말이지…… 그러니 우린 사회에서만 보는 걸로 하자."

"하하, 그래도 제가 따라다니겠습니다."

"얼씨구? 어디 가는지 안 알려 줄 건데?"

"인트라넷 검색 한 번이면 다 나옵니다."

"어휴……."

대한의 말에 이원영이 질린다는 듯 고개를 젓고는 정우진을 불렀다.

"중대장, 따로 신고는 할 필요 없고 인원 파악만 다 하면 보고해라."

"예, 인원 파악 방금 다 끝났습니다."

"그래? 그럼 뭐 하고 있어, 얼른 출발해야지."

"바로 출발합니까?"

"애들 신나 있더만 얼른 가서 놀고 와."

정우진은 따로 주의사항을 말하지 않았다.

그만큼 부하를 믿는다는 거니까.

정우진도 그 배려를 알기에 웃으며 답했다.

"안전에 최대한 신경 써서 다녀오겠습니다."

"잘할 거라고 믿는다."

이원영은 정우진의 어깨를 두드려 주었고 정우진이 이원영에게 경례한 뒤 버스로 이동했다.

대한이 정우진의 뒤를 따라가며 말했다.

"구명조끼랑 튜브는 주차장에 바로 준비해 준다고 했습니다."

"그래, 일단 도착하면 연락하마."

"예, 조심히 다녀오십쇼."

잠시 후, 연병장에 있던 버스들이 일제히 부대를 벗어나기 시작했다.

이원영은 대한과 조금 더 이야기를 나눈 뒤 단으로 올라갔고 대한은 그대로 인사과로 복귀했다.

그리고 인사과에 앉아 있는 이영훈을 보며 미소를 지으며 경례했다.

"충성. 왜 여기 계십니까?"

"너 일 잘하는지 보러 왔지."

"저야 항상 깔끔하게 일 처리 중인데…… 많이 심심하십니까?"

"후, 당연히 심심하지."

"그래도 오늘 휴가 가는 것보다는 내일 가는 게 훨씬 좋습니다."

"야, 네가 뭘 몰라서 그러는 것 같은데 오늘 놀면 내일 푹 쉴수 있잖아. 근데 우리는 내일 놀면 제대로 쉬지도 못하고 다음날 일과라고."

"도대체 얼마나 열심히 노시려고……."

이영훈은 휴가 계획을 보고는 대한에게 찾아와 바꿔 달라고 계속해서 졸라 댔다.

하지만 대한은 그의 제안을 단호하게 거절했다.

'내일 힘든 일이 얼마나 많은데. 2중대장이랑 지원 중대장은 구시렁대는 스타일이 아니어서 괜찮다만 이 양반은 귀찮은 스타일이지.'

대한의 평안을 위해서라도 이영훈을 최대한 편하게 해 줘야 했다.

근데 생각해 보니 좀 괘씸했다.

내가 몇 번을 설명했는데 오늘까지 날 귀찮게 해?

대한은 빠르게 머리를 굴리기 시작했다.

그리곤 이영훈이 해야 할 것들을 떠올렸다.

"중대장님, 심심하시면 병력들 면담이나 같이하시죠."

"……면담?"

"신병 면담 기록 확인해 봤는데 미흡한 것 같았습니다."

"미흡하다고? 그럴 리가 없는데…… 흠흠, 오늘은 쉬라고 하셨잖아. 신병들도 면담하면 싫어할 거야."

"방금 전까지 심심하다고 하지 않으셨습니까?"

"어휴, 너랑 이야기하니까 심심함이 싹 사라졌다."

"어차피 부대 운영진단 나오기 전에 다시 점검하셔야 하는데 그냥 미리 하시죠."

이영훈이 손을 내저으며 답했다.

"야야, 신병은 진짜 안 해도 괜찮아. 부대 적응 완벽하고 축구도 잘하고 일도 열심히 해서 행정보급관도 마음에 들어 해. 이 정도 내용 적었으면 된 거 아니야?"

"어림도 없습니다. 부대 운영 진단에서 1중대 때문에 감점 받게 되면…… 아닙니다. 그냥 그때 가서 확인해 보십쇼."

대한의 말에 이영훈이 섬뜩함을 느꼈는지 온몸에 우수수 소름이 돋았다.

"……커, 컴퓨터는 이거 쓰면 되나? 그냥 여기서 할까?"

그렇게 대한과 이영훈은 2중대와 지원중대가 휴가를 간 날, 1중대와 본부중대 병력들 전원의 면담 기록을 최신화할 수 있었다.

대한은 이영훈과 면담 기록을 최신화한 뒤 흡연장으로 향했다.

이영훈이 한숨을 내쉬며 담배를 물며 말했다.

"입에서 단내 나는 것 같다."

"무슨 단내가 난다고 하십니까. 중대장님은 병사들 이야기만 들어 주셨잖습니까."

"참나, 봤어? 못 봤잖아?"

"안 봐도 압니다. 힘든 거 있냐고 물어보고 그냥 듣기만 하셨다는 거."

군대 면담 국룰 아닌가.

이영훈이라고 다를까.

이는 대한도 비슷했다.

다만 좀 더 관심을 가져야 할 것 같은 병력들에게는 이것저것 더 물어보는 것뿐.

그것만 물어보더라도 문제가 있는 병사들을 찾을 순 있었다.

그도 그럴 것이 두 사람 모두 병사들에게 관심이 있었으니까.

'병사들에게서 사고가 발생하는 건 간부들의 무관심이 제일 크니까.'

대대에 사고가 없는 것도 간부들이 병사들에게 관심이 많기 때문이었다.

이영훈이 대한의 말을 무시한 채 니코틴을 충전하고 있을 때.

여진수가 흡연장으로 걸어 나왔다.

"충성!"

"그래, 둘이 거기 모여서 뭐 하고 있었냐?"

"조금 전까지 병력들 면담하고 있었습니다."

"휴식 시간을 제대로 활용하고 있구만."

여진수가 피식 웃으며 담배를 물었다.

"그런 의미에서 하는 말인데…… 이번에 대대장님 진급하신 거, 아무래도 너희들이 큰 역할을 한 것 같다."

여진수의 말에 대한이 고개를 갸웃거렸다.

'나는 그렇다 쳐도 이영훈도 도움이 됐다고?'

난 이해했다.

내 덕분에 박희재와 이원영은 유명 인사가 되어 있었으니까.

근데 이영훈은 왜?

이영훈도 이해할 수 없다는 듯 여진수에게 물었다.

"대한이는 그렇다 쳐도 제가 무슨 역할을 했습니까?"

"병력 관리 잘했잖아."

"다 저희만큼 하는 거 아니었습니까?"

"나도 그런 줄 알았는데 아니더라."

두 사람이 의문 가득한 표정으로 여진수를 쳐다보자 이내 여진수가 연기를 뿜고는 웃으며 대답했다.

"들어 보니까 이번에 2작전사 지역 대령 진급 대상자분들 전부 뭔가 사건이 하나씩 있는 것 같더라고. 특히 병력 관리 쪽으로. 그에 반해 우리 부대는 아주 깔끔하잖아?"

진급에 있어 사고는 아주 치명적이었다.

그것도 진급 심사에 들어가는 해에 발생한 사고라면 아무리 작은 것이라도 그해 진급은 포기하는 것이 마음 편할 정도.

그래도 이상하긴 했다.

'아무리 그렇다고 해도 참모직에 있는 중령이 훨씬 더 많을 텐데.'

애초에 중령이 대대장에 있으면서 진급에 들어가는 것 자체가 특이한 일이었다.

그리고 중령까지 간 군인들이 개인의 부주의로 인한 사고는 치지 않을 터.

하지만 여진수의 말을 들어 보니 이번에 참모 보직을 수행하고 있는 중령들도 뭔가 일이 있었긴 있었던 모양.

'관운이 기가 막히게 따라 주는 양반이구만.'

대한이 웃으며 답했다.

"감사합니다. 믿어 주신 만큼 깔끔하게 잘 관리했습니다."

"그래, 안 그래도 우리 대대 병사들 면담 한 달에 4번씩 한다니까 주변에서 다들 놀라더라."

"신경 써야 하는 병력들은 그것보다 더 하고 있긴 합니다."

"어휴, 지금도 이렇게 관리가 빡센데 네가 지휘관이 되면 부하들은 죽어나겠구나."

"하하, 제가 누구 시키는 것 보신 적 있으십니까. 할 게 있다면 다 제가 합니다."

"누가 병사 시킨데? 넌 영훈이 시키잖아."

"외모로 보나 계급으로 보나 제가 시킬 짬은 아니지 않습니까."

그러자 이영훈이 한숨을 내쉬며 말했다.

"하, 내 밑에 있을 때 확실히 잡았어야 했는데……."

"나도 동감한다. 우리 둘 다 곧 다른 부대 가야 하는 게 참 마음이 아프다."

이 양반들이 왜 또 이러실까.

둘이 있을 땐 가만히 있다가 꼭 셋이 모이면 이렇게 갈구더라.

이럴 땐 도망치는 게 상책이다.

대한이 두 사람과 슬슬 거리를 벌리자 여진수가 한숨을 내쉬며 말했다.

"저놈 저거 살살 튈 준비하는 거 봐라. 후임자들한테 미안해서 어떻게 하냐. 우리가 가면 이제 부대 실세는 저놈일 텐데."

"대대 넘버 2를 중위 때 해 보고 참 좋겠다, 대한아."

대한이 작게 고개를 내저으며 말했다.

"정 그러시면 내년에 따라가겠습니다. 저 좀 관리해 주십시오."

"응……?"

"……싫은데?"

대한의 광기 어린 눈빛에 두 사람이 담배를 끈 채 자리를 슬슬 피하기 시작했다.

✖

그로부터 몇 시간 뒤.

정우진이 부대로 복귀했다.

대한이 정우진에게 다가가 말했다.

"고생하셨습니다. 중대장님."

"고생은 무슨, 진짜 재밌게 놀다왔다."

"아, 그렇습니까?"

"어, 협조도 잘해 주시고 음식도 기가 막혔다."

"다행입니다. 회식은 내일 몰아서 하는 거 전달하셨습니까?"

"그래, 병력들 다 인지하고 있다."

"혹시 불만은 없었습니까?"

"처음엔 내일 가고 싶다고 하는 애들 있었는데 지금은 불만 있는 병력들 하나도 없다."

대한이 미소를 지으며 고개를 끄덕였다.

"강당에 세팅해야 하는 건 제가 내일 출발하기 전에 다시 말씀드리겠습니다."

"저번에 말해 준거랑 똑같은 거 아니야?"

"예. 맞습니다. 그래도 혹시나……."

"됐다. 너도 휴가 제대로 즐겨야지. 신경 쓰지 말고 제대로 놀다 올 준비나 해라. 혹시나 필요한 거 있으면 내가 알아서 준비할게."

"크…… 역시 육사 나오신 분은 다르십니다."

대한은 정우진에게 엄지를 치켜들었다.

정우진이 피식 웃으며 대한의 어깨를 툭 치고는 대대로 복귀했다.

'저 양반도 부대를 떠난다니 참 아쉽네.'

전생에는 전혀 몰랐었지만 제대로 알고 나니 진국인 간부들이 많은 곳이었다.

같이 군 생활을 같이할 수 있으면 좋겠지만 군대에서 그런 일은 있을 수 없는 일.

'이 또한 군대의 매력이지.'

장교 기준으로 1, 2년마다 새로운 지역에서 새로운 동료들과 일을 해야 했다.

스트레스일 때가 더 많았지만 새로운 곳에도 대대 간부들 같은 군인들이 있지 않겠나.

대한은 대대 건물을 한번 쓱 훑어보고는 운전병들을 불러 모았다.

운전병들이 대한에게 서둘러 뛰어오자 대한이 물었다.

"오늘 좀 놀다 왔어?"

"아, 예. 재밌게 놀다 왔습니다."

운전병들이 서로 눈치를 보며 어색하게 웃는다.

그러자 대한이 고개를 저으며 말했다.

"나한테 거짓 보고할 필요는 없지 않나? 중대장님이 너희들 그냥 쉬라고 하지 않았어?"

대한의 물음에 운전병 중 가장 고참이 답했다.

"중대장님께서 같이 놀라시긴 했지만 돌아오는 길에 졸음운전 할까 봐 그냥 발에 물만 적시고 나왔습니다."

물놀이만큼 사람 몸을 노곤하게 하는 것도 없었다.

수십 명의 병력들을 탄 버스를 운전하는 이들이었기에 알아서 자제를 한 것이었다.

대한이 운전병들을 슥 둘러본 뒤 말했다.

"거짓 보고 한 벌은 받아야지. 전부 인사과로 따라와."

"과, 과장님. 일부러 그런 게…….."

"그냥 따라 와."

"……예."

운전병들이 시무룩한 표정으로 대한의 뒤를 따랐다.

대한은 인사과에 들어가자마자 책상에 올려놓은 휴가증을 챙겨 운전병들에게 나눠 줬다.

"벌이야."

"……휴가증 아닙니까?"

"내가 줄 수 있는 건 이게 한계더라. 고생하는 데 많이 못 줘서 미안하고 10월 달 안으로 꼭 이 휴가 붙여서 휴가 다녀와. 알 겠어?"

"아, 예. 알겠습니다!"

운전병들이 인사과가 떠나갈 정도로 큰 소리를 내어서 답했
다.

대한이 대답 대신 미소를 지으며 나가라는 손짓을 했고 운
전병들이 신나게 인사과를 벗어났다.

그러자 자리에서 일을 하던 남승수가 입을 열었다.

"과장님?"

"예, 담당관님."

"제가 기억을 못 하는 건가 싶어 여쭤보는 건데…… 대대장
님께서 운전병들 휴가 주라고 하셨습니까?"

"따로 말씀하신 건 없습니다. 내일 오시면 건의해 볼 생각입
니다."

"……미리 휴가증을 만드신 겁니까?"

"에이, 제가 일 처리를 그렇게 하겠습니까."

"그렇기는 한데…… 과장님이 줄 수 있는 휴가가 없지 않습
니까."

"왜 없습니까. 제가 얼마나 열심히 돌아다녔는데."

남승수는 고개를 갸웃거리는 것도 잠시, 이내 헛웃음을 터뜨
리며 말했다.

"설마 다른 곳에서 받으신 휴가 나눠 주신 겁니까?"

"예, 어차피 제가 다 쓰지도 못하는 거 아닙니까."

"그렇죠. 과장님은 그 휴가 다 못 쓰시죠. 그래도…… 허 참."

남승수도 대한이 받은 휴가를 알고 있었기에 바로 공감을 했
다.

하지만 아무리 그래도 이런 식으로 휴가를 나눠 주다니.

참 존경심이 든다.

물론 대한은 별생각이 없었다.

그저 산술적으로 계산했을 뿐.

'당장 매년 주어지는 연가도 다 못 쓰는데 포상 휴가를 어떻
게 써.'

매달 일주일씩 휴가를 나간다면 연가에 포상 휴가까지 다 쓸
수 있으려나?

박희재 밑에 있으면 가능한 일이긴 했다.

하지만 이젠 박희재가 진급했고 조만간 다른 부대로 가야 되
는 상황.

다음 지휘관으로 누가 올지 모르는 상황이기에 괜히 마음 졸
이며 휴가증을 쥐고 있는 것보단 그냥 이렇게 나눠 주는 게 나
았다.

'어차피 다 못 쓰는 거 이럴 때 써야지.'

대한은 운전병들의 반응을 보고는 지휘관이 되기 전까지 여
기저기서 휴가를 모아 봐야겠다고 생각했다.

대한이 물었다.

"그나저나 담당관님은 휴가 안 가십니까?"

"과장님이 휴가를 안 가는데 제가 어떻게 갑니까?"

"……예?"

"아니, 직속상관이 자리를 안 비우는데 부하가 어떻게 자리를 비웁니까?"

대한이 남승수의 대답에 당황하며 물었다.

"아니, 여태껏 휴가를 안 간 게 정말 그 이유 때문이십니까?"

"예."

"……너무 옛날 군인 아니십니까? 전 그런 거 눈치 준 적도 없고 그런 거에 민감한 사람도 아닌데…… 아니, 그런 사람 아닌 거 아시면서 왜……."

"그러니까 과장님도 좀 쉬면서 하십쇼."

"하…… 알겠습니다. 이번에 대대 휴가 마무리하고 대대장님께 말씀드려서 바로 다녀오겠습니다. 그럼 되겠습니까?"

"예, 그러면 됩니다."

참 나.

황당한 양반일세.

이래서 중간 자리가 제일 힘들다더니…….

대한이 시간을 확인하고는 물었다.

"혹시 퇴근도 제가 한 뒤에 하실 겁니까?"

"이때까지 그러고 있었던 것 모르셨습니까?"

"아……."

이 양반이 진짜…….

대한은 서둘러 짐을 챙겼다.

"얼른 퇴근하십쇼. 내일 갈아입을 옷 챙겨 오시는 거 알고 계시죠?"

"그건 이미 챙겨 놨습니다."

남승수는 대한을 따라 짐을 챙겼고 주차장에 나와 차에 시동을 걸며 말했다.

"그나저나 군인이 뭘 이런 걸 부담스러워하십니까? 계급 높아지면 저 같은 부하들이 훨씬 더 많아지실 텐데."

"제가 높은 계급도 아니고 이제 겨우 중위인데 어쩌겠습니까. 담당관님보다 군 생활 많이 하면 편해질…… 아닙니다. 더 해도 불편할 것 같습니다."

"뭐, 저도 계속 이렇게 군 생활해 왔던 건 아닙니다. 제대로 된 상급자를 만났을 때나 하는 거지 상급자 같지도 않은 분 만났을 땐 최대한 안 마주쳐야죠. 무튼 오늘 하루 고생하셨습니다. 충성!"

"예, 충성. 들어가십쇼!"

대한은 남승수의 떠나는 차량을 보며 고개를 갸웃거리고는 숙소로 돌아갔다.

그리고 다음 날 아침.

대한은 출근하자마자 짐을 인사과에 내려놓고는 대대장실 앞을 지키고 서 있었고 잠시 후, 박희재가 막사로 들어오는 모습을 보자마자 우렁차게 경례를 올렸다.

"추웅! 서엉!"

대한의 경례에 박희재가 미소를 지으며 경례를 받아 주었다.

"충성! 오랜만이다."

"잘 쉬셨습니까?"

"그럼, 네 덕분에 휴가 첫날부터 잘 쉬었지. 밥은 먹었냐?"

"대대장님 아직 안 드셨을 것 같아서 기다리고 있었습니다."

"역시 인사과장이네. 잠시만 기다려라. 짐만 놔두고 올 테니까."

박희재는 대대장실에 짐을 내려놓고는 대한과 함께 간부 식당으로 향했다.

그리고 평화롭게 아침 식사를 하던 중, 박희재가 대한에게 물었다.

"혹시 내 보직 관련해서 연락 온 거 있더냐?"

"대대장님 보직 관련해서는 아직 연락받은 게 없습니다."

"흠, 그래?"

"대대장님도 아직 연락 못 받으셨습니까?"

"어, 원영이가 말하기로는 바로 알려 준다던데 아직 안 알려 주시네."

음? 좀 이상한데?

대한의 고개가 모로 기울어졌다.

'보통은 어디 보낼지 정해 놓고 진급시키지 않나?'

대위면 그냥 진급을 시켜도 상관없었다.

하지만 박희재는 이제 무려 대령이 아닌가.

자리도 몇 개 없는 마당에 아직도 갈 곳이 어딘지 모르는 건 말이 안 됐다.

대한의 반응에 박희재가 피식 웃으며 말했다.

"반응이 왜 그래? 넌 내가 대대에 계속 붙어 있으면 좋은 거 아니냐?"

"저야 당연히 그걸 바라고 있지만…… 이젠 보내 드려야 할 때 아니겠습니까."

"큭큭, 그렇게 따지면 내년에 너도 부대 옮길 수 있는 거 아니냐?"

"예, 대대장님께서 불러 주신다면 가능은 합니다."

"당겨 올 수 있으면 좋겠다만은…… 연락 돌려 보니까 공병 단장 자리는 없는 것 같더라고."

"얼른 대위 진급해서 따라다니겠습니다."

"그래, 너나 간부들 없이 군 생활 할 생각하니 벌써부터 심심하다."

박희재도 부대에 정이 많이 든 것 같았다.

대한이 미소를 짓는 것도 잠시, 박희재에게 물었다.

"대대장님, 오늘 갈아입을 옷 챙겨 오셨습니까? 혹시 몰라서 대대장님 것까지 챙겨 놓긴 했습니다."

"이놈이…… 대대장 대령 진급했다고 완전 영감으로 보는 거냐? 그 정도는 기억하고 있었지."

영감 맞잖아.

대한은 속마음이 입으로 튀어나오는 걸 겨우 막고는 웃으며 답했다.

"하하, 진급 때문에 정신없으실 것 같아서 그랬습니다."

"정신없긴 한데 그게 뭐 어려운 거라고. 그리고 일도 아니고 놀러 가는 건데 당연히 기억하지."

진급 이야기에서 휴가 이야기로 넘어오자 박희재의 표정이 대번에 밝아졌다.

박희재가 남은 국을 원샷 하며 말했다.

"수영 좀 하냐?"

"따로 배운 적이 없어서 잘하진 못합니다. 그냥 물에서 전진은 할 줄 아는 정도입니다."

"그럼 내가 수영을 좀 알려 줘야겠구만."

"수영 잘하십니까?"

"아시아의 물개라고 들어 봤냐?"

"……조오련 선수 말씀이십니까?"

"조오련 선수도 그렇게 불리긴 했지만 원조는 나야."

조오련이 나이가 더 많지 않나?

그나저나 반응 보니까 잘 놀고 오겠구만.

덕분에 박희재와 따로 놀아 줄 계획은 접어도 될 것 같았다.

두 사람은 식사를 마치고는 대대로 복귀했다.

잠시 후, 대한이 환복 하고 연병장으로 나와 운전병들을 불렀다.

그러자 운전병들이 환한 표정으로 대한에게 달려왔다.

"충! 성!"

"힘들게 운전해야 하는 놈들이 뭐가 그렇게 즐거워?"

"하나도 안 힘듭니다!"

아무래도 휴가증 덕분이겠지.

대한이 웃으며 말했다.

"그럼 다행이고. 혹시라도 졸리면 버티려고 하지 말고 바로 말해. 알겠지?"

"예, 알겠습니다!"

운전을 하는 데 졸고 싶어서 조는 사람이 누가 있겠나.

본인도 모르게 조는 경우가 대부분이지.

여유가 된다면 예비로 운전병을 몇 명 더 데리고 가고 싶었지만, 부대에 버스를 몰 수 있는 운전병은 다 데리고 온 상황.

대한이 운전병들에게 껌을 나눠 주고는 지휘통제실로 가 병력들을 집합시켰다.

그러자 1중대와 본부중대 인원들이 재빨리 연병장으로 튀어나왔고 대한은 이영훈에게 통제를 잠시 맡기고는 대대장실로 향했다.

그리고 문밖에서 박희재를 불렀다.

"대대장님, 출발하시겠습니까?"

"어, 잠시만."

대대장실에서 짐을 챙기는 소리가 나더니 이내 대대장실의 문이 열렸고 대한이 놀란 눈으로 박희재를 바라봤다.

그러자 박희재가 피식 웃으며 말했다.

"휴가 가는데 이 정도 복장은 해야지."

하와이안 셔츠에 깔맞춤한 반바지, 거기에 쪼리까지.

심지어 셔츠에 선글라스까지 걸려 있었는데 누가 봐도 휴양지에 놀러 가는 사람이었다.

대한이 박수를 치며 말했다.

"멋진 복장이십니다."

"그렇지? 그나저나 넌 군인 티 내냐? 세상에 추리닝 입고 바다 가는 놈이 어딨어?"

이 양반아.

우리 군인이야.

대한이 어색하게 웃으며 답했다.

"다음에 휴가 가면 저도 대대장님처럼 입어 보겠습니다."

"그래, 얼른 나가자."

박희재가 위풍당당하게 연병장으로 향했고 대한은 그와 살짝 거리를 두고 뒤따랐다.

연병장에는 어제와 같이 이원영이 내려와 병력들을 확인하고 있었고 이내 박희재의 모습을 보고는 미간을 찌푸렸다.

"너 옷이 그게 뭐냐?"

"어허, 오랜만에 동기 얼굴 보자마자 인상 쓰기 있냐?"

"이런 모습으로 등장할 줄은 몰랐지. 혹시 이것도 대한이가 준비해 준 거냐?"

"대한이는 패션에 대해 아무것도 모르는 것 같더라고. 다 내가 준비한 거야."

이원영이 대한을 바라봤고 대한은 말없이 고개만 끄덕였다.

"하…… 뭐, 이것도 나쁘진 않겠다. 군인 티는 하나도 안 나네."

"너도 하나 사 줄까?"

"어휴, 아니. 절대 사지 마."

"필요할 텐데?"

"내가 하와이에 살아도 그런 옷은 안 입을 거다. 그나저나 보직 관련해서는 아직 아무 말 없는 거야?"

"어, 여쭤봐도 아직 기다리라고만 하시던데?"

이원영은 잠시 심각한 표정을 짓더니 박희재의 복장을 보고 고개를 내저었다.

"일단 재밌게 놀다 와라. 너 놀고 있는 동안 내가 연락 한번 돌려볼 테니까."

"그래, 그럼 부대 좀 잘 부탁한다."

"그래, 사고 치지 말고."

"사고 조심해라가 아니라 사고 치지 말라고?"

"어, 여기서 네가 제일 사고 칠 놈같이 생겼어."

이원영의 말에 대한은 터져 나오는 웃음을 가까스로 참아 냈다.

　박희재가 이원영을 노려보는 것도 잠시 미소를 지으며 버스에 탑승했다.

　이원영이 버스에 오르는 박희재를 보고는 대한에게 말했다.

　"저런 놈을 진급시키다니…… 군대가 어떻게 돌아가고 있는지 모르겠다."

　"하하, 저런 분이니까 진급하신 거 아니겠습니까. 병력들이랑 저렇게 친하게 지내는 분도 없을 것 같습니다."

　"그건 그렇다만…… 그래도 저런 모습이 있다는 걸 알고 진급시키진 않았을걸?"

　"그건…… 저도 그렇게 생각합니다."

　"대대장이 사고 안 치도록 통제 잘해라."

　뭔가 말이 이상했지만 대한은 힘있게 답했다.

　"예, 알겠습니다!"

　"잘 놀다 오고 도착 보고 이런 거 안 해도 된다. 그래도 어제 정우진이는 도착, 출발 보고 다 하더라고."

　그렇게 말하면 내가 안 할 수가 없잖아?

　그러나 이원영은 진심이었다.

　"그냥 하는 말이다. 진짜 하지 마. 너랑 대대장이 같이 가 있는 거면 무소식이 희소식이야."

　"하하, 알겠습니다. 조심히 잘 다녀오겠습니다."

"그래. 다녀와라."

이원영은 대한이 버스에 탑승하는 걸 확인하고는 단으로 올라갔다.

이내 병력들이 탄 버스가 출발했다.

그렇게 1시간 정도 달려 도착한 곳은 포항의 한 해수욕장.

휴가철이 다 지난 시기였기도 하고 평일이기도 했기에 사람들은 많이 없었다.

주차장에 버스가 멈춰서자 병력들이 쏟아져 내려왔다.

그리고 바다를 보고 신난 목소리로 말했다.

"와, 바다다!"

"크, 여름휴가는 전역하고나 갈 줄 알았더니 부대에서 다 보내 주네."

"수영 잘하십니까?"

"내가 악마의 열매만 안 먹었어도 수영을 잘했는데."

"……?"

대한은 병력들이 모두 내리는 걸 확인하고는 통제를 시작했다.

"자, 주목!"

"주목!"

"각 분대장 통제하에 저 천막 있는 곳으로 이동해서 구명조끼부터 입는다. 밖에서 1중대장님이랑 보고 있을 텐데 구명조끼 벗는 인원은 그대로 버스에 탑승시킬 거다, 알겠나?"

"예, 알겠습니다!"

"그리고 천막 옆에 있는 사장님한테 가서 하고 싶은 레저 다 하면 된다. 무제한으로 이용할 수 있으니까 질서 지켜서 확실히 즐길 수 있도록. 이상."

"와아아아아!"

병력들은 함성을 내지르고는 대한이 가리킨 천막으로 이동했다.

분대장들이 알아서 인솔했기에 대한과 이영훈은 자유였다.

이영훈이 떠나는 병력들을 보며 대한에게 물었다.

"야, 우리 제트스키도 그냥 탈 수 있냐?"

"예, 타고 싶으시면 타시면 됩니다."

"이걸 다 DH에서 도와줬다고?"

"예, 병력들 고생이 많다고 시원하게 휴가 보내야 한다며 지원해 주셨습니다."

"와, 아무리 휴가철이 아니라고 해도 절대 적은 돈이 아닐 텐데……."

정말 휴가철이 아닌 게 다행이었다.

휴가철이었다면 지금 쓴 돈의 두 배 이상은 나왔을 테니.

'레저가 이렇게 비싼 줄 몰랐다.'

전생에 한 번도 해 본 적 없던 것들이기에 이번에 처음으로 금액을 확인했다.

근데 뭐 어떠랴.

이럴 때 쓰라고 버는 돈이지.

게다가 때마침 철수 직전에 예약해서 할인도 많이 해 주셨다.

대한이 웃으며 이영훈에게 말했다.

"저한테 말하기론 할인도 많이 받아서 괜찮다고 합니다."

"그런 분들을 위해서라도 군 생활에 더 최선을 다해야겠네."

이영훈이 감동을 하던 그때, 박희재가 두 사람에게 다가와 물었다.

"뭐야, 너흰 안 들어가냐?"

"일단 밖에서 중대원들 좀 지켜보다가 들어가려고 합니다."

"그럼 나는 누구랑 놀아?"

"아……."

"얼른 따라와. 처음 물에 들어가는 건 자의로 들어가야지. 어차피 좀 있다가 중대원들이 너희들 물에 빠뜨릴 거잖아?"

그 말에 대한이 얼른 고개를 끄덕이고는 박희재에게 말했다.

"구명조끼만 챙겨서 가겠습니다."

"얼른 따라와라. 물 온도나 체크하고 있으마."

"대대장님? 구명조끼 안 입으십니까?"

"물개한테 구명조끼가 왜 필요해?"

박희재는 그대로 바다로 성큼성큼 걸어갔고 대한과 이영훈은 눈빛을 주고받고는 서둘러 구명조끼를 챙겨 박희재에게 뛰어갔다.

그렇게 전속력으로 박희재와 놀아 주기 위해 달려가던 중 갑자기 이영훈이 비명과 함께 모래에 쓰러졌다.

"악!"

대한이 놀라며 이영훈에게 다가갔다.

"중대장님?! 왜 그러십니까?"

"아…… 뭐에 찔린 것 같은데."

정말이었다.

이영훈의 발바닥에 피가 흐르고 있었다.

대한은 이영훈이 뛰어온 곳을 확인해 보았고 깨진 유리병이 모래 속에 숨어 있는 걸 발견할 수 있었다.

"이거에 찔리신 것 같습니다."

"아씨…… 잘 좀 치우지."

그때, 박희재가 바다에 둥둥 떠서 대한을 불렀다.

"왜 그래?"

"1중대장이 부상 당했습니다."

"부상?"

박희재가 바다에서 나와 이영훈의 발을 확인했다.

그러고는 미간을 찌푸리며 말했다.

"아니, 무슨 쓰레기를 이런 데다가…… 이거 애들도 위험하겠는데?"

"불러 모읍니까?"

"후, 불러 봐라."

박희재의 명령에 대한이 여기저기 흩어져 있는 병력들을 빠르게 집합시키기 시작했다.

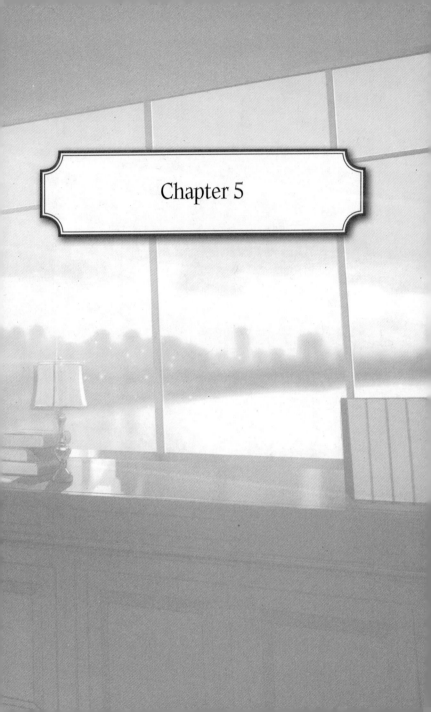

Chapter 5

갑작스러운 호출에 병력들이 다 모이자 박희재가 깨진 유리병을 들고 말했다.

"노는데 불러서 미안하게 생각한다. 근데 이런 것들이 발밑에 있는데 지휘관으로서 그냥 놀게 할 순 없다."

다들 수긍하는 표정이었지만 그래도 시무룩한 건 어쩔 수가 없었다.

그래도 할 건 해야지.

박희재가 모래사장을 가리키며 말했다.

"인상들 펴라, 얼른 치우고 놀면 되지. 우리가 노는 구역이라도 확실하게 치우고 놀자. 탄피 찾듯이 위험한 쓰레기를 찾으면 금방 깨끗해질 거다. 신발 벗어 둔 인원은 얼른 신고 30분 만에 끝내고 다시 놀자."

"예, 알겠습니다!"

그래도 철수가 아닌 게 어딘가.

병력들은 크게 대답하고 따로 통제하지 않아도 알아서 일렬로 줄을 서서 쓰레기를 줍기 시작했다.

박희재는 붕대를 감고 온 이영훈에게 물었다.

"슬리퍼를 뚫고 들어온 거야?"

"뛰면서 슬리퍼를 벗었을 때 찔렸습니다."

"참, 운이 없어도 이렇게 없을 수가 있나…… 밖에 있어도 괜찮겠어?"

"좀 있다가 제트스키나 타 보려고 합니다."

"그래, 더 안 다치게 조심해라."

박희재는 이영훈의 상처를 다시 확인하고는 대한과 함께 쓰레기를 줍기 시작했다.

그렇게 한창 쓰레기를 줍고 있을 때, 대한에게 구명조끼를 나눠 주었던 사장이 다가와 물었다.

"갑자기 뭐 합니까?"

"아, 위험한 쓰레기들이 있어 가지고 한번 치우고 다시 놀려고 합니다."

"에헤이…… 저희가 매일 치우고 있었는데 발견 못 했던 것이 있었나 보네요."

"모래 속에 숨어 있더라고요. 저희도 밟아서 찾은 겁니다."

"놀러 오셨는데 죄송해서 어쩌나……."

"사장님 잘못도 아니신데 죄송하실 필요 없으십니다. 뭐, 다행인 건 다쳐도 상관없는 사람이 다쳐서 다행입니다."

대한이 가장 편하게 대신 일해 줄 수 있는 사람이 이영훈이었다.

박희재도 대한의 말에 동의하는지 사장에게 말했다.

"마음 쓰지 마십쇼. 저희가 깔끔하게 치워 드릴 테니까 좀 있다가 애들 더 재밌게 놀게 해 주시죠."

"아, 예. 그래야죠. 그나저나…… 누구?"

"아, 대대장입니다."

사장은 박희재의 소개에 놀란 듯 눈을 휘둥그레 뜨는 것도 잠시, 이내 표정 관리를 했다.

"아…… 하하, 그, 그러시구나. 대대장님이신 줄은 몰랐네요. 그냥 휴가 온 일반인인 줄 알았습니다. 패션이 멋지십니다."

"그쵸? 제대로 즐겨야죠."

"그, 그렇죠! 대대장님께서 놀 줄 아는 분이라 이렇게 병력들을 데리고 나오지 않겠습니까."

"그렇죠. 뭘 좀 아시는 분이시네요."

"흠흠, 그런 의미에서 쓰레기봉투라도 가져다드리겠습니다."

사장은 서둘러 자리를 벗어났고 박희재가 뿌듯하다는 듯이 말했다.

"봤지? 피서지 사장님도 인정하는 내 패션 센스를."

"……그러게나 말입니다."

눈치 빠른 양반인 줄 알았더니 패션에 대해서만큼은 자부심이 대단한 모양이네.

대한은 괜히 산통 깨고 싶지 않아 그렇다고 대답했고 얼마 뒤, 사장님이 가져다준 쓰레기봉투가 가득 차도록 쓰레기를 주울 수 있었다.

박희재가 병력들이 주워 온 쓰레기 양을 보며 놀라 말했다.

"아니, 아깐 뭐 열심히 치우고 있었다더니 이만큼이나 나왔다고?"

"예, 그렇습니다."

"어제는? 어제는 다친 사람 없었고?"

"예, 아무래도 천운이었던 것 같습니다."

위험하지 않은 쓰레기가 대부분이긴 했지만 깨진 유리병같이 다칠 만한 것도 생각보다 많이 발견되었다.

대한은 병력들에게 쓰레기를 한곳에 모아놓으라고 지시하고는 다시 바다로 보냈다.

박희재는 흥이 식었는지 그늘에 앉아 병력들이 노는 모습을 구경했고 대한은 자연스럽게 박희재의 옆에 앉았다.

그러길 잠시. 박희재가 서핑을 즐기고 있는 일반인들을 보며 대한에게 물었다.

"서핑 해 봤나?"

"안 해 봤습니다."

"젊은 놈이 안 해 본 게 왜 이렇게 많아?"

"어…… 젊으니까 못 해 본 거 아니겠습니까?"

"해 볼 생각은 있고?"

"생각을 안 해 보긴 했는데…… 지금 해 보고 옵니까?"

대한의 대답에 박희재가 고개를 내저었다.

"어휴, 넌 젊은 놈이 노는데 왜 이렇게 관심이 없냐? 내가 널 쭉 지켜보니까 휴가도 잘 안 가고 이성에 관심이 있는 것도 아닌 것 같고…… 도대체 무슨 재미로 사나 싶어서 물어봤다."

대한은 박희재의 말에 바로 대답하지 못했다.

'그러게? 난 무슨 재미로 살고 있는 거지?'

그러다 이내 그 질문에 대해 의문이 들었다.

'근데 꼭 무슨 재미가 있어야 사나?'

군 생활을 잘하고 있는 지금이 너무나 즐거웠다.

좋은 사람들과 함께하며 인정받는 지금이 전생과는 너무 달랐기에 하루하루가 행복했다.

그리고 건강한 엄마와 잘 크고 있는 동생까지.

대한이 가지고 있던 고민이 다 해결된 지금 가만히 있기만 해도 좋았다.

대한이 미소를 지으며 답했다.

"그냥 하루하루 정말 즐겁게 사는 중입니다."

그러자 박희재가 대한을 빤히 바라봤고 대한의 표정을 확인하고는 피식 웃었다.

"그냥 하는 소리는 아닌 것 같네. 그래, 네가 즐겁게 살고 있으면 됐지 뭐. 나중에 지치지나 마라. 힘들면 언제든지 연락하고. 이젠 너 하나쯤은 도와줄 수 있는 계급이 된 것 같으니까."

"하하, 대대장님이 계셔서 든든합니다."

박희재가 대한의 어깨를 토닥여 주었다.

"뭐 마실 거나 사러 가자. 대대장이 쏘마."

"1중대장도 같이 갑니까?"

"영훈이?"

이영훈은 절뚝거리며 제트스키 타는 곳까지 이동해 줄을 서 있었다.

"영훈이는 놔두고 가자."

"예, 알겠습니다."

대한과 박희재는 근처 카페를 찾아 커피를 한 잔씩 들고 왔다. 그리고 바다에서 노는 병력들을 살폈다.

'위험하게 노는 애들은 없네.'

강제로 빠트리거나 하는 병력들은 보이지 않았다.

이영훈이 다친 걸 봐서 그런지 모르겠지만 알아서들 조심을 하는 모양.

'의도치 않게 제대로 경고를 한 꼴이네.'

대한이 흡족하게 병력들을 바라보던 그때, 박희재가 바다를 가리키며 입을 열었다.

"어어…… 저거 저러다 박겠는데?"

"뭐가 말입니까?"

"저 서핑 하는 사람들 서로 못 본 것 같은데?"

대한이 박희재가 가리키는 곳을 확인했다.

멀리서 봐도 빠른 속도로 서로에게 다가가는 중이었고 주변을 제대로 확인하지 않고 있었다.

대한과 박희재가 가만히 둘을 바라보고 있었고 이내 박희재가 예상했던 일이 벌어졌다.

"어, 부딪혔습니다."

"아이고 아프겠다."

"근데 서핑하는 사람들도 구명조끼 입습니까?"

"안 입지, 발에 서핑보드를 연결해서 구명조끼 같은 역할을 해."

"그럼 기절하면 어떻게 합니까?"

"보통은 기절할 일이 없지."

대한의 질문에 대답을 한 박희재가 고개를 휙 돌려 대한을 바라봤다.

그러고는 커피를 내려놓은 채 전속력으로 달리기 시작했다.

대한도 서둘러 박희재의 뒤를 따랐다.

'서핑하다가 부딪히는 일이 보통은 아니니까.'

넓은 바다에서 서로 다른 파도를 타고 부딪힐 확률이 얼마나 높겠나. 그런데 그런 일이 대한과 박희재의 눈앞에서 벌어졌고 서핑을 하던 사람들이 다시 떠오르지 않고 있었다.

대한과 박희재는 고민도 하지 않고 바다에 뛰어들었다.

그런데 느릿한 대한과는 달리 박희재의 물살 가르는 속도가 장난이 아니었다.

이미 저만치 앞서 나간 박희재를 보며 대한이 감탄했다.

'진짜 물개였잖아?'

기절한 사람들이 있는 곳까지의 거리는 꽤 되었다.

그러나 박희재는 빠른 속도로 그들에게 다가갔고 얼마 지나지 않아 기절한 사람 하나를 잡고 외쳤다.

"대한아! 빨리 와서, 이 사람 좀 잡아라!"

"예, 대대장님!"

그러나 물속이라 그런지 마음처럼 몸이 따라 주지 않았다.

대한은 이때 처음으로 수영을 미리 배워 놓지 않은 걸 후회했다. 그러다 결국 마음 급한 박희재가 기절한 사람을 들고 대한에게 다가가 넘겼다.

"잘 잡고 있어라."

"예!"

박희재가 다른 사람을 구하기 위해 바닷속으로 사라졌고 이내 기절한 사람 하나를 또 끌고 올라왔다.

대한이 근처에 있는 서핑보드를 잡고 외쳤다.

"대대장님, 이거 잡고 가시면 될 것 같습니다!"

"이 사람한테도 달려 있으니까 그걸로 가마. 얼른 해변으로 나가!"

대한은 박희재의 말에 서둘러 해변으로 헤엄치기 시작했다.

'와…… 인명 구조도 엄청 빡세구나.'

수영을 할 줄 모르는 대한이었기에 힘으로만 앞으로 나가는 중이었다. 그것도 힘 분배를 하지 않고 전력을 다하는 중이었고 슬슬 힘이 빠지기 시작했다.

하지만 여기서 멈출 수는 없었다.

'어차피 난 안 죽어.'

구명조끼를 입고 있었기에 죽을 리는 없었다.

하지만 위험한 건 대한이 잡아끌고 있는 이 사람.

어떤 상태인지 확인할 정신도 없었다.

일단 해변에 도착해야 확인을 할 수 있을 터.

대한이 전력을 다해 해변으로 나가던 그때, 박희재가 대한의 옆에 따라붙었다.

반가운 마음이 드는 것도 잠시.

박희재가 대한의 어깨에 손을 올렸다.

"조, 종아리에 쥐 났다."

"예?! 아, 안 됩니다!"

"잠시만 잡고 있어라, 금방 풀고 오마."

대한은 졸지에 기절한 사람 둘을 붙잡고 해변으로 나가야 했다.

'미치겠네, 팔도 못 쓰는데 어쩌지?'

그러다 좋은 생각이 났다.

머리를 재빠르게 굴린 대한은 얼른 몸을 뒤집었다.

그리고 두 사람의 머리카락을 잡고 하늘로 들어 올렸다.

이러면 얼굴이라도 나와 숨을 쉴 수 있을 테니까.

대한은 다시 열심히 발을 차 해변으로 향했다.

그러나 이것도 잠시뿐.

대한도 슬슬 한계에 다다르기 시작했다. 사실 지금까지 다리를 움직일 수 있었던 것만 해도 대단한 것이었다.

그도 그럴 게 대한은 한 번도 힘 조절을 하지 않았으니까.

전력 질주도 1분 이상 하기 힘든데 수영은 오죽할까.

게다가 응급 상황이기까지 했다.

대한이 아니었다면 진작 퍼져도 퍼졌을 터.

'금방 온다던 양반은 어디 갔어?'

이 와중에 박희재의 행방마저 묘연했다.

대한은 배영 자세에 손도 못 쓰는 상황이라 주변을 확인할 수 없었다.

그때, 누군가 대한이 끌고 오던 기절한 사람에게 다가왔다.

"과장님!"

다름 아닌 병력들이었다.

상황을 뒤늦게 발견한 병력들이 우르르 다가와 구조활동을 시작한 것.

대한이 외쳤다.

"얼른 좀 받아라, 나도 슬슬 한계다."

"예!"

대한은 기절한 사람들을 병력들에게 맡긴 채 고개를 들었다. 그리고 서둘러 박희재를 찾기 시작했다.

박희재는 대한과 얼마 떨어지지 않은 곳에 있었고 다리의 쥐를 다 풀지 못했는지 팔로만 헤엄을 치며 다가오는 중이었다.

박희재가 대한에게 말했다.

"나 신경 쓰지 말고 나가서 저 사람들부터 확인해!"

"얼른 따라오셔야 합니다!"

쥐가 나서 혹시나 했는데 그래도 다행이었다.

박희재의 명령을 들은 대한은 마지막 힘을 쥐어짜 해변으로 나아갔다.

병력들은 이미 도착해 두 사람을 해변에 눕힌 뒤 구급법을 실시하는 중이었고 대한이 해변에 도착할 때쯤 기절했던 두 사람도 정신을 차릴 수 있었다.

대한은 두 사람이 정신을 차리는 걸 보자마자 그대로 모래사장에 쓰러졌다.

긴장이 풀린 것이다.

그 모습을 본 병력들이 소리쳤다.

"과, 과장님!"

"나 멀쩡하다."

"아, 넵."

그리고 뒤이어 박희재도 모래사장에 쓰러졌다.

겨우 다시 일어난 대한이 정신 차린 두 사람에게 물었다.

"괜찮으십니까?"

"아, 예…… 근데…… 무슨 일입니까?"

"기억이 없으십니까?"

"……네."

이런. 머리에 큰 충격을 받았는지 두 사람 다 기억이 일부 날아간 듯 보였다.

대한이 병사 한 명에게 말했다.

"미안한데 저쪽에 가 보면 커피 두 개 있을 건데 거기에 내 휴대폰 있거든? 그것 좀 가지고 와라."

"예, 알겠습니다!"

병사가 대한의 부탁에 움직이려던 그때, 이영훈이 절뚝거리며 다가와 말했다.

"구급차 부르려는 거지? 됐어, 내가 이미 불렀어."

"언제 오셨습니까? 제트스키 타러 가신 거 아니셨습니까?"

"나도 눈이 있는데 다 보고 왔어, 인마. 처음엔 두 사람 다 수영이나 하는 줄 알았는데 이런 일이 있었을 줄은…… 근데 대대장님은?"

"아, 맞다. 대대장님."

두 사람이 뒤늦게 박희재를 떠올리자 겨우 합류한 박희재가 말했다.

"이 자식들…… 빨리도 기억해 낸다."

"괜찮으십니까?"

"아무래도 아시아의 물개 타이틀은 이제 그만 내려놔야겠다. 죽겠다, 아주. 그보다 두 분은 괜찮으시냐?"

"예, 일단 정신은 차렸는데 머리에 충격이 큰 것 같습니다. 1중대장이 구급차 불렀습니다."

"잘했네. 아우, 그보다 종아리 좀 만져 줘라. 다시 쥐가 나려는 것 같다."

"누워 보십쇼."

대한은 박희재의 종아리를 주물러 주며 생각했다.

'돌아가면 혼나겠네.'

해수욕장 온 지 얼마나 지났다고 간부 두 명이 부상인가.

이대로 가면 이원영에게 쿠사리는 확정이었다.

얼마 뒤, 구급차가 도착했고 대한이 구급대원들에게 상황을 설명했다.

"서핑하다 부딪혀서 그대로 기절하셨습니다. 저흰 그걸 확인하고 구하러 들어갔고 숨을 못 쉰 시간이 좀 있었습니다. 이야길 나눠 보니 기억도 일부 날아간 것 같습니다."

"아이고…… 하필이면 라이프 가드가 없는 이 시기에 이런 일이 생기네요…… 알겠습니다. 바로 병원으로 이송하겠습니다."

"예, 고생하십쇼."

두 사람을 실은 구급차가 사이렌을 울리며 해수욕장을 벗어

난다.

상황이 일단락되자 대한은 그제야 병력들을 돌아보았다.

내려앉은 텐션.

대한이 피식 웃으며 말했다.

"다들 분위기가 왜 이래? 이제 그만 놀 거야?"

"아, 그건 아닌데……."

"자, 다들 그러지 말고."

대한이 휴대폰과 같이 놔두었던 지갑에서 카드를 꺼내며 말했다.

"좋을 일들 했는데 가서 시원한 거 하나씩 마시고 다시 놀아. 카드는 카페에 맡겨 놓고. 대대장님 모시고 다시 갈 거니까."

"예, 알겠습니다……."

"어허, 목소리 봐라. 좋은 일 하고 왜 처져 있어? 목소리 안 높여?"

"예, 알겠습니다!"

"좋아, 가라."

"예, 충성!"

텐션을 다시 끌어 올린 대한은 구급함이 있는 버스로 향했다.

주차장에는 구석에서 파스를 뿌리고 있는 이영훈과 박희재가 있었다.

박희재가 신음하며 말했다.

"아아, 쥐가 계속 올라온다."

"얼른 푸셔야 합니다. 이거 시간 길어지면 근육 다치십니다."

"아는데…… 아악, 반대쪽도 난다!"

환장하겠네.

대한이 서둘러 뛰어가 박희재의 다리를 잡아 경련을 풀어 주었다.

박희재의 경련은 그로부터 20분 정도 지난 후에야 진정이 되었고 바닥에 대자로 뻗은 박희재가 대한에게 말했다.

"조금만 늦었으면 내가 위험했겠다."

"그러게나 말입니다. 구명조끼는 정말 필수인 것 같습니다."

"그렇네. 부대 복귀하면 부대 운영비로 좋은 거 사 놔."

"구명조끼 사기에는 너무 육지에 있지 않습니까?"

"또 모르잖아. 무슨 일이 있을 줄 알고. 수해복구 나갈 때 다 입혀서 보내지 뭐. 돈도 남았는데 잘됐다."

"부대 운영비 다 터실 겁니까?"

"어, 나 곧 다른 부대 가잖아."

"하하, 예. 알겠습니다."

"너는 뭐 다친 곳 없냐?"

"예, 전 없습니다. 그냥 힘이 좀 빠졌을 뿐입니다."

"그래…… 셋 중 하나는 멀쩡해서 다행이다."

박희재의 말에 이영훈이 어색하게 웃어보였다.

대한이 시간을 확인하고는 박희재에게 말했다.

"대대장님, 식사하러 가실 수 있겠습니까?"

"밥? 하, 물을 좀 먹어서 그런가 배가 별로 안 고픈데……
점심 뭐 먹는데?"

"물회 기가 막힌 곳으로 예약 잡아 놨습니다."

대한의 말이 끝나기 무섭게 박희재가 자리에서 일어났다.

"옷 좀 젖었는데 괜찮겠지?"

"제가 수건 챙겨 가겠습니다."

"그래, 얼른 가자. 물회는 못 참지."

그래, 물회는 못 참지.

세 사람은 서둘러 식사를 하러 이동했다.

　　　　　　　　✵

식사 이후 열심히 놀던 대대 병력들은 3시 정도가 되자 대부
분이 그늘에 앉아 휴식을 취했다.

대한이 시간을 확인하고는 병력들을 불러 모았고 놀 만큼
논 병력들은 미련 없이 버스에 몸을 실었다.

대한은 버스에 탑승하기 전 정우진에게 전화를 걸었다.

"충성!"

―어, 대한아. 강당 때문에 전화했냐?

"예, 그렇습니다. 지금 복귀하려는데 혹시 필요하신 거 있으
십니까?"

―아니, 전혀 없다. 완벽해.

"무대 설치는 어떻습니까?"

―설치하는 분한테 물어보니까 잘됐다고 하시더라. 연예인들 오면 매니저한테 어디서 노래 틀면 되는지 알려 주기만 하면 된다더라.

"아, 감사합니다."

―감사는 무슨, 후배가 이만큼 준비해 줬는데 나도 이 정도는 해야지. 조심해서 복귀해라.

"예, 좀 있다 뵙겠습니다."

다른 것 신경 쓰지 않고 편하게 부대로 복귀하면 될 것 같았다.

대한이 마지막으로 인원을 체크한 뒤 버스에 탑승했고 이내 부대로 복귀를 시작했다.

버스가 출발하기 무섭게 병력들은 취침모드에 들어갔다.

대한은 기절한 듯 잠든 병사들을 보며 은은한 미소를 지었다.

'잘 논 것 같아서 뿌듯하네.'

돈 쓴 보람이 있는 것 같았다.

그때, 대한의 옆에 앉아 있던 박희재가 대한의 표정을 보며 말했다.

"너도 지휘관이 적성에 맞는 것 같은데?"

"하하, 아닙니다."

"아니긴 자질이 보이는구만. 자고로 지휘관은 병사들 좋아하는 사람이 지휘관 해야 해. 그래야 병사들이 행복하게 군 생활

하지. 지금처럼."

대한이 잠시 생각을 하고는 답했다.

"인사 쪽으로 돌아다니면서 병사들 행복하게 해 줄 생각이긴 한데…… 막상 이런 걸 멀리서 봐야 한다 생각하니 아쉽긴 합니다."

"큭큭, 무슨 재미로 사냐 물어봤던 질문 취소하마."

"그건 왜 취소하십니까?"

"재미있게 살고 있는 것 같아서."

"아……."

"나중에 지휘관 해 보고 잘 맞으면 야전에서만 굴러. 나처럼 해도 대령 진급하는 걸 보니 추천할 법한 것 같다."

"하하, 제가 대대장님처럼 할 수 있을지 모르겠습니다."

"나처럼 하면 안 되지. 넌 나보다 더 잘할 거야."

박희재가 대한의 허벅지를 툭툭 쳐 주었다.

대한과 박희재는 이런저런 이야기를 하며 이동 시간을 보냈고 이내 부대 연병장에 도착했다.

대한이 병력들에게 샤워 후 환복을 하고 있으라 지시한 뒤 본인도 재빠르게 짐을 챙겨 숙소로 향했다.

그리고 샤워를 한 뒤 전투복을 입고 위병소로 향했다.

위병조장에게 다가간 대한이 휴대폰을 꺼내 차량 번호를 확인했다.

"내가 불러주는 차량들 오면 바로 통과시켜."

"혹시 높은 분 오시는 겁니까?"

"높은 분은 아닌데…… 귀한 분들이시긴 해."

대한이 차량 번호를 알려 주었고 위병조장과 위병소 근무자들에게 숙지시켰다.

이후 강당에 올라가 준비 상태를 확인했다.

'학생회장이 신경을 잘 써 줬구나.'

구색만 맞출 줄 알았건만 티비에서 보던 그대로 세팅이 되어 있었다.

만족스럽게 고개를 끄덕인 대한이 주차장으로 향했고 그렇게 시간을 확인하며 기다리는 것도 잠시.

강당 주차장으로 검은색 승합차가 들어오기 시작했다.

대한이 승합차로 다가가 창문을 두드렸다.

똑똑.

운전석 창문을 두드리자 운전자가 창문을 내렸다.

"안녕하십니까. 연락드렸던 김대한이라고 합니다."

"아, 예. 반갑습니다."

"병력들은 다 막사에 있으니 편하게 준비하시면 됩니다. 내리시면 동선 바로 설명드리겠습니다."

매니저가 뒷자리를 보며 내리라고 말했고, 승합차에서 길쭉길쭉한 여자 5명이 내려왔다.

대한의 시선이 자연스럽게 그녀들을 향했다.

'군통령을 실제로 보게 되다니.'

그녀들이 대한에게 인사했다.

"안녕하세요!"

"예. 안녕하세요. 일단 이쪽으로."

대한이 재빠르게 시선을 거두고는 동선을 알려 주었다.

"따로 대기 장소가 없어서 차에서 대기하시다가 이쪽 출입 구로 들어오시면 됩니다. 신호는 따로 드리겠습니다."

이걸 준비하면서 가장 신경을 많이 썼던 건 부대 병력들의 폭주였다. 아무리 통제를 잘 따라 주던 병사들이라도 지금 같은 상황에 믿을 놈 누가 있겠나.

'중대장인 이영훈도 정신을 잃더만.'

부대에 미인이 방문했을 때를 떠올리고는 믿을 놈 하나 없다고 판단했다.

차단선 작전을 할 때보다 더 강력하게 바리케이드를 구축해 놓았고 간부들 중 가장 믿을 만한 여진수와 정우진에게 이걸 지키라는 임무를 맡겨 놓은 상태였다.

강당의 문을 열어 준 대한은 매니저에게 편하게 리허설하라 말한 뒤 통신 장비가 있는 곳으로 향했다.

그곳에는 대대 통신병과 무대 설치를 담당했던 기사가 있었다.

"안녕하십니까. 대대 인사과장입니다."

"아, 건너서 연락 주신 분이구나. 반갑습니다."

대한이 기사와 악수를 나눈 뒤 물었다.

"혹시 노래까지 틀어 주시는 겁니까?"

"예, 노래 말고도 조명이랑 전부 다 해 드려야죠."

"아, 전 저희 애들이 해야 하는 건 줄 알았습니다. 전문가가 해 주신다니 든든하네요."

"하하, 아닙니다. 아, 혹시 철수할 때 조금만 도와주실 수 있으십니까?"

"예, 당연하죠. 빠르게 퇴근하실 수 있도록 해 드리겠습니다."

곧바로 걸 그룹의 리허설이 시작되었고 대한은 그걸 잠시 지켜보다가 다시 주차장으로 향했다.

이내 다른 승합차 한 대가 주차장으로 들어왔다.

학교 축제를 마치고 돌아온 기존에 섭외돼 있던 걸 그룹이었다.

대한은 먼저 온 걸 그룹 때와 마찬가지로 동선을 설명해 주었고 리허설을 이어서 진행했다.

다른 연예인들도 마찬가지였다.

준비를 마친 연예인들이 대학교에서 넘어오기 시작했고 같은 과정을 거친 대한은 이내 지휘통제실에서 방송했다.

"아아, 지휘통제실에서 전파합니다. 전 병력 지금 즉시 전투복 환복 후 강당으로 집합하기 바랍니다. 다시 한번……."

방송을 마친 대한이 대대장실의 문을 두드렸다.

"대대장님, 인사과장입니다."

"들어와라."

"충성!"

박희재는 하와이안 세트를 벗고 전투복으로 환복을 완료한 상태였다.

대한이 웃으며 말했다.

"대대장님은 역시 전투복이 제일 잘 어울리시는 것 같습니다."

"흠, 그러냐? 난 하와이안 셔츠가 잘 어울린다고 생각했는데."

"하하, 그것도 물론 잘 어울리시긴 했습니다."

박희재가 피식 웃고는 시간을 확인했다.

"준비 다 됐냐?"

"예, 프로들만 있어서 준비 속도가 대단했습니다."

"이야, 기대되는구만. 단에는 연락했어?"

"일단 대대 인원들한테 전파하고 대대장님 모시러 오는 길입니다. 강당 올라가는 길에 연락해 놓겠습니다."

"그래, 귀한 분들 왔는데 최대한 많은 병사가 환영해 줘야지."

대한은 박희재와 함께 강당으로 이동하며 단에도 연락했다.

잠시 후, 강당에 부대 전 병력들이 모였고 병력들은 의자를 세팅하지 않은 상태임에 의문을 표했다.

"교육 있다고 한 거 아니야?"

"못 보던 장비가 왜 이렇게 많아졌어?"

"······설마 일과가 다 끝나가는데 누가 와서 우리의 소중한 자유 시간을 뺏는 건 아니겠지."

병사들의 불안해하는 표정.

당연했다. 대한은 병사들에게 오늘 있을 행사에 대해 조금도 알려 주지 않았으니까.

'자식들아, 기대해라.'

개봉박두.

대한이 미소를 지으며 마이크를 잡았다.

"자, 주목!"

"주목!"

"금일 실시하기로 한 교육이 취소되었다. 대신 다른 걸로 교육을 대체하기로 했으니 다들 집중해서 보길 바란다."

대한의 말에 병력들의 의문이 점점 더 커졌다.

"······뭐지?"

"아, 설마 안보 교육하는 건 아니겠지?"

"그럼 대형 사곤데······."

"제발······."

다 들린다 이놈들아.

이내 안내를 마친 대한이 마이크를 놓았고 그와 동시에 뒤편에서 대기 중인 첫 번째 걸 그룹이 뛰어올라왔다.

그러자 일순 장내가 조용해지고 병사들의 눈이 휘둥그레 커졌다.

"어어……?"

얼타기도 잠시.

이내 스피커로부터 첫 번째 그룹의 시그니처 노래가 뿜어져 나왔고 병사들은 열광하기 시작했다.

"으아아아아아!!"

"씨발!! 이거지!!"

"으아아아아아!!"

"사랑합니다!! 사랑합니다!!"

"위! 아래!! 위위 아래!!"

광기로 물든 강당 안.

동시에 이영훈도 소리 지르기 시작했다.

"으와아아아!!"

"중대장님, 진정하십쇼."

"위! 아래! 위위! 아래!!"

"하……."

그래, 애초에 기대도 안 했다.

대한은 고개를 저은 후 단상 멀리서 흐뭇하게 관람 중인 두 지휘관에게 다가갔다.

대한이 다가오자 박희재가 고개를 끄덕이며 말했다.

"수고했다, 대한아. 근데 저분들은 누구시냐? 유명한 분들인 가?"

"아직 그렇게 유명한 분들은 아닙니다. 메이저 걸 그룹은 나중에 나옵니다."

"그래? 근데 왜 저렇게 좋아해?"

"하하, 일단 걸 그룹이지 않습니까."

아마 걸 그룹의 이름도 모르는 병사들도 많을 것이다.

그래도 하나 확실하게 아는 건 5명 모두 미인이라는 것.

군인들에겐 그거면 충분했다.

박희재가 리듬을 타며 말했다.

"춤도 좋고 노래도 좋네. 금방 인기 많아지겠는데?"

"그렇지 않겠습니까?"

그러자 이원영이 고개를 저으며 말했다.

"둘 다 뭘 모르는구만. 외모, 춤, 노래 삼박자를 모두 갖춰도 뜨기 힘든 게 가수야."

"누가 들으면 연예계 종사자인 줄 알겠네. 네가 뭘 안다고?"

"하, 그러는 넌 보는 눈이 있고?"

"나야 사람 잘 보는 편이지. 봐라, 대한이도 딱 보자마자 대단한 놈인 줄 알고 제대로 써먹었잖아. 그러니까 대령 진급한 거 아니겠어?"

"야, 대한이는 나도 그렇게 생각했다. 이놈은 그냥 딱 봐도 아는 놈이고."

"참나, 대령 좀 먼저 달았다고 무시하냐? 내기할래?"

"내기? 그래, 하자 내기."

그래.

어쩐지 요즘 조용하다 했다.

이 좋은 날에 티격태격하다가 결국 또 내기까지 하는 걸 보니 역시 두 사람답다 싶었다.

근데 어째 이원영은 이번에도 지냐.

'이렇게 보면 참 똥촉이란 말이지.'

두 사람의 내기에는 항상 이원영이 패배했다.

그리고 아마 이번에도 패배할 것이다.

눈앞의 저 그룹은 지금 부르고 있는 노래로 기적적인 역주행을 하게 될 테니까.

대한은 두 사람의 말싸움을 지켜보는 것도 잠시, 구석에서 촬영 중인 매니저를 발견했다.

대한이 그에게 다가가 촬영 화면을 보고는 조용히 말했다.

"매니저님, 전체적으로 찍지 마시고 한 명만 당겨서 찍으시죠. 화면에 딱 맞게."

"……예? 왜요?"

"홍보하실 거 아닙니까?"

"아, 모니터용입니다."

음? 직캠 영상을 매니저가 찍은 게 아닌가?

대한은 걸 그룹을 가만히 지켜보다가 휴대폰을 꺼냈다.

그리고 직캠 영상을 촬영해 주었다.

'나도 박희재의 승리를 바라니까.'

그편이 훨씬 재미있었다.

잠시 후, 노래가 끝나자 대한이 촬영을 끊었다.

그리고 매니저에게 다가가 말했다.

"제가 촬영한 거 보내 드릴 테니까. 유튜브에 올려 보시죠."

"유튜브에 이미 다른 영상들 많이 올려놨습니다. 괜찮습니다."

매니저는 대한을 귀찮아하는 것 같았다.

그도 그럴 것이 이미 시도란 시도는 다 하고 있을 테니.

'훈수 둔다고 생각하는 가 보네.'

대한은 더 권하지 않고 빠르게 돌아섰다.

영상은 누가 올려도 상관없는 것 아니겠나.

'어차피 역주행할 건데 나도 거기에 약간 보태 주지 뭐.'

오늘 행사를 마무리하고 직캠 영상을 올려 줄 생각이었다.

대한이 매니저와 이야기를 하는 사이 노래가 끝났고 바로 다음 연예인이 올라왔다.

요즘 한창 주가를 올리고 있는 래퍼였는데 장르가 힙합이라 그런지 걸 그룹만큼이나 인기가 좋았다.

덕분에 정작과장과 정우진만 죽어 나가는 중이었지만.

'뭐, 알아서 잘하겠지.'

대한은 여진수가 병사들을 힘겹게 밀어내는 걸 애써 외면한 채 주차장으로 향했다.

주차장에서는 매니저가 가수들의 상태를 확인하고는 차에 오르려고 했다.

대한이 매니저에게 다가가 말했다.

"고생하셨습니다."

"아, 예. 김 중위님도 고생하셨습니다."

"바로 올라가시는 건가요?"

"예, 가야죠. 오늘 행사는 이게 마지막이거든요."

대한은 전투복 주머니에서 봉투를 하나 꺼내 매니저에게 건넸다.

그러자 매니저가 고개를 갸웃거리며 말했다.

"행사비는 따로 주셨지 않습니까?"

그 말에 대한이 미소를 지으며 말했다.

"멀리서 오셨는데 영천까지 온 김에 한우라도 드시고 가세요. 영천은 한우가 유명하잖습니까."

"아…… 아닙니다. 괜찮습니다. 회사에서 식사비는 지원 다 받습니다."

지원. 받기야 했겠지.

하지만 한우 먹을 정도는 아니겠지.

대한이 알기로 현재 이 그룹은 많이 뜨지 못한 상태여서 여러모로 가난하게 살고 있는 것으로 알고 있었다. 심지어 말은 이렇게 했지만 오늘 있는 공연도 정말 오랜만에 잡힌 행사.

그렇기에 대한은 매니저를 지나쳐 승합차로 향했다.

그리고 창문을 두드리자 창문이 내려가고 걸 그룹 멤버 하나가 얼굴을 내밀었다.

"사인 좀 부탁드리겠습니다."

"아, 네! 잠시만요."

사인이란 말에 그녀가 펜을 찾으려는 순간, 대한은 차 안으로 봉투를 집어넣었다.

그리고 얼른 강당으로 뛰어가며 말했다.

"조심히 가세요! 싸인은 나중에 찾으러 가겠습니다!"

"어? 자, 잠시만요!"

그러나 이중에서 대한을 따라잡을 수 있는 사람은 없었다.

대한은 그대로 강당으로 사라져 버렸고 매니저가 한숨을 내쉬며 승합차에 올랐다.

"하…… 안 주셔도 된다니까……."

"이, 이거 돌려드려야 하는 거 아녜요?"

"아냐, 됐어."

"네?"

매니저가 벨트를 매며 말을 이었다.

"이렇게까지 하시는데 거절하는 것도 그렇지. 영천에 한우가 유명하다는데 그거 먹고 올라가자."

"오, 정말요?"

"앗싸!"

"오랜만에 고기다!"

오랜만에 고기.

그 말에 매니저가 흐뭇한 표정을 지으며 인근의 한우집을 찾아 차량을 출발시켰다.

대한은 강당 입구에서 차량이 떠나는 걸 보고는 흡족한 표정을 지었다.

그래. 이렇게라도 고기 먹으면 된 거지.

대한은 저들이 정말로 잘되길 바랐다.

훗날 티비에서 본 인터뷰에 따르면 그녀들은 정말 많은 고생을 했다고 들었으니까.

'다 행복하면 좋지, 뭐.'

그렇게 연예인들의 공연이 끝났고 마침내 마지막 공연까지 끝나자 그제서야 대한이 바통을 넘겨받고 무대로 올라갔다.

열기는 아직 식지 않았다.

부대 병력들은 마지막 무대를 장식한 걸 그룹을 조금이라도 더 보기 위해 필사적이었고 이원영과 박희재가 입구를 열심히 지켰다.

대한이 마이크를 잡고 말했다.

"자, 주목!"

그러나 걸 그룹의 파워는 대단했다.

대한은 몇 번 정도 더 주목을 외친 후에야 간신히 병력들을 진정시킬 수 있었다.

"어휴······."

그래도 이만하면 양반이라고 생각한다.

대한이 피식 웃으며 마이크에 대고 말했다.

"다들 즐거우셨습니까?"

"예!!"

"사랑합니다!"

"감사합니다!"

"또 해 주십쇼!!"

허허, 녀석들. 진짜 즐거웠나 보네.

근데 외치는 사람 중에 이영훈도 보이네?

'저 양반은 진짜……'

대한이 속으로 고개를 저으며 말을 이었다.

"다들 만족했다니 다행입니다. 모쪼록 늦은 휴가였지만 다들 잘 보낸 것 같아 다행이고 이제 열심히 놀았으니 배를 채워야 하지 않겠습니까. 공연 때문에 미리 준비를 못 했지만 여러분이 도와준다면 빠르게 준비할 수 있을 거라 믿겠습니다. 그럼 보급관님들은 지금부터 바로 회식 준비해 주시면 될 것 같습니다."

대한의 말이 끝남과 동시에 행정보급관들의 통제를 시작으로 병력들이 움직이기 시작했다.

무대 장비 철수와 회식 준비 팀으로 나눠서 말이다.

무대서 내려온 대한이 이원영과 박희재에게 다가가 물었다.

"취사장으로 가시겠습니까? 준비가 길어질 것 같아서 취사장에 미리 한 자리 세팅해 놨습니다."

혹시 몰라서 해 둔 조치였다.

그러나 박희재가 고개를 저으며 답했다.

"아냐, 오늘 같은 날은 병력들이랑 함께 시간을 보내야지. 그건 취사병 애들 보고 먹으라 해라."

"예, 알겠습니다."

대한은 곧장 취사장으로 향했고 전찬영을 불렀다.

"찬영아, 단장님은 대대장님이랑 같이 드신다고 하시니까 너희들…… 어휴, 이미 시작하고 있었구나?"

"하하, 과장님께서 대대장님과 같이 안 오시는 걸 보고 바로 구워 버렸습니다."

"그래, 잘했다. 오늘 같이 놀러 못 가서 속상할 텐데 내가 대대장님한테 휴가증 받아서 어떻게든 보상해 줄게."

"에이, 아닙니다. 회식만 시켜 주셔도 좋습니다."

"야, 넌 후임들 생각 안 하냐? 애들 눈빛 봐라. 내가 이대로 돌아가면 저기 구워지는 건 고기가 아니라 너야."

정말이었다.

뒤에서 레이저 눈빛을 뿜는 후임들.

취사장의 짬찌였던 전찬영은 어느덧 실세를 지나 왕고에 가까워져 있었다.

전찬영이 주변을 둘러보고는 어색하게 웃으며 말했다.

"하하, 그러네…… 그럼 최대한 많이 부탁드리겠습니다."

"그래, 식사 맛있게 해라."

대한은 취사장에서 나와 강당으로 향했다.

그사이 준비는 거의 진행되어 있었다.

그도 그럴 것이 보급관들이 사전 작업을 많이 해 둔 덕분이었다.

'역시 잘 굴러가는 부대라니까.'

이내 음식들이 셋팅 되고 모든 준비가 완료되자 박희재가 마이크를 잡았다.

"아아, 다들 그간 고생 많았다. 오늘 하루로 모든 피로와 고생이 날아가는 건 아니겠지만 그래도 기분 전환만큼은 확실히 했으면 한다. 이후로도 기회가 된다면 이런 자리를 최대한 많이 만들어 줄 테니 다들 열심히 군 생활해 주기 바란다. 자, 그럼 이제 맛있게들 먹어라."

"감사합니다!"

"잘 먹겠습니다!"

"대대장님 사랑합니다!"

박희재의 말이 끝나기 무섭게 병사들이 전투적으로 고기를 굽기 시작했다.

대한도 두 사람 자리로 가 고기를 굽기 시작했다.

"두 분 다 고생하셨습니다."

"고생은 무슨, 네 덕분에 이런 호사도 누려 보는 거지. 이렇게 아니라 직접 내가 전화라도 해야 하는 거 아니냐?"

"아닙니다. 혹시라도 전화하시려고 하시면 절대 못 하게 막아 달라고 대표님께서 그러셨습니다."

"그래? 그건 좀 아쉽네."

"참 훌륭하신 분이야. 그래도 네가 나중에 주선해서 자리나 한번 만들어다오."

"하하, 네, 꼭 그러겠습니다."

자리 주선이라…….

과연 만들어지는 날이 올까?

대한이 웃으며 마저 고기를 구웠다.

✳

다음 날 아침.

대한은 출근하는 길에 안유빈의 연락을 받았다.

"이 아침부터 어쩐 일이십니까?"

─대한아, 넌 어찌 조용한 날이 없냐?

뭐지? 자주 듣는 말이긴 한데 이 말이 왜 군인도 아니고 사회에 있는 안유빈의 입에서 나오는 걸까?

뭘 어떻게 알고?

대한이 불안해하며 물었다.

"……그게 무슨 말씀이십니까?"

─해경에서 감사장 준다고 연락 안 왔어?

"해경 말씀이십니까?"

……이건 또 무슨 소리야?

대한이 해경이라는 말에 놀라자 안유빈이 얼른 설명했다.

-그래, 해경. 너 인명 구조도 하고 쓰레기도 주웠다며?

아, 대한은 그제서야 왜 해경이 언급됐나 알 수 있었다.

대한이 물었다.

"맞습니다. 근데 혹시 저만 받습니까?"

-아니, 대대장님도 받으시는 것 같던데? 기사 보내 줄까?

"아, 그럼 감사드리겠습니다."

안유빈은 대한에게 기사 링크를 보내 주었는데 거기에는 안유빈의 말대로 대한의 이름이 떡하니 언급되어 있었다.

'나랑 연락하던 사장님이 말해 줬나 보네.'

박희재의 이름이 없는 건 아마 같은 이유일 터.

대한이 헛웃음을 띠며 말했다.

"이런 일로 감사장을 받을 줄은 몰랐습니다."

-이런 게 아니면 언제 감사장을 주냐? 잘한 일인데 당연히 받아야지.

하긴 틀린 말도 아니다.

이럴 때 아니면 언제 감사장을 받아 볼까?

근데 생각해 보니 마냥 좋아할 일은 아니었다.

그도 그럴 것이 평일에 훈련도 아닌 휴가를 가서 사람을 구한 것이니까.

'훈련 중에 구했다면 당당하게 갔겠지만 대대 휴가 중에 구한 거라 좀 조심스럽네.'

괜한 걱정이 아니었다.

실제로 전생에 비슷한 일이 있었으니까.

'대대 휴가 중에 사람을 구했음에도 군인이 맘대로 휴가 나갔다고 지휘관과 실무자가 징계를 받았었지.'

그것도 대중의 여론이 안 좋아서 말이다.

물론 이번 휴가의 경우 대한의 부대만 나가는 특별 휴가 같은 게 아니긴 했다.

이미 수많은 부대들이 실시하고 있는 휴가. 그렇기에 실질적으로 문제 될 건 없었으나 그놈의 여론이 문제였다.

'군인에 대한 시선이 고까운 사람이 많단 말이야.'

슬펐지만 이게 현실이었다.

군인이 대중교통 빈 좌석에 앉았다고 신고를 받거나, 대민지원을 나가서 햄버거 하나 얻어먹었다고 신고받는 게 우리나라의 현실이었다.

모두가 안 좋게 보는 건 아니지만 소수의 아니꼬운 사람들의 신고가 영향을 주는 거니까.

'이런 건 윗선에서 알아서 커버 쳐 줘야 하는 건데……'

기대할 걸 기대해야지.

위로 갈수록 옛날 군인들 투성이인데 어떻게 그런 기대를 하나?

결국 내 몸은 내가 챙겨야 하는 법.

대한은 잠시 고민하던 끝에 안유빈에게 말했다.

"선배님, 이거 무를 순 없지 않습니까?"

-해경에서 주려고 하는 건데 무르고 싶어도 무를 수가 없지. 게다가 기사까지 나갔잖아.

"그럼 저 좀 도와주십쇼, 급한 문제입니다."

-갑자기?

"예, 지금 당장 해 주셔야합니다."

안유빈은 대한의 진지한 목소리에 심각함을 느꼈는지 목소리를 바꾸었다.

-뭔데, 말만 해. 내가 도와줄 수 있는 거라면 최대한 도울게.

대한은 안유빈이 도와줘야 할 것에 대해 설명을 했고 진지하게 듣고 있던 안유빈이 고개를 끄덕이며 말했다.

-확실히 일부 사람들 때문에 좋은 일 하고도 신고받는 경우가 많긴 하지.

"그래서 말인데 좀 부탁드리겠습니다."

-하하, 걱정하지 마라. 안 그래도 감사장 받는다는 기사 보자마자 너랑 대대장님 관련해서 기사 쓰고 있었으니까.

"꼭 좀 부탁드리겠습니다. 그리고 재촉하는 건 아닌데 이번에 대대장님 진급하신 거 아시지 않습니까?"

-알지, 그거 모르면 군대 전문 기자 그만둬야지.

"그럼 계급장 달기 전까지 중령인 것도 잘 아시겠습니다?"

박희재는 아직 진급 예정자.

그리고 진급이 취소되는 건 어려운 일이 아니었다.

'사소한 사고라도 있으면 취소될 수도 있다.'

심지어 박희재는 잘나가는 군인도 아니었다.

마지막에 겨우 진급을 한 인물이었기에 위에서 진급을 취소시키기엔 더더욱 부담이 없는 인물.

안유빈이 진지하게 답했다.

─나도 장교 출신인데 그 정도는 잘 알지. 일단 끊어 봐. 기사 올리고 바로 연락 줄 테니까.

대한이 얼른 전화를 끊어 주었고 이내 박희재에게 이 사실을 알리기 위해 이동했다.

"충성! 좋은 아침입니다."

"어, 그래. 좋은 아침!"

대대장실 문을 열자 여유로이 커피를 마시고 있는 박희재가 웃으며 경례한다.

박희재는 오랜만의 일과에 기분이 좋아 보였다.

그래서일까.

대한은 더더욱 저 미소를 지켜 주고 싶었다.

'내가 혼자 다 책임지는 한이 있더라도 최악의 불상사만큼은 반드시 막는다.'

진심이었다.

그만큼 박희재는 잘됐으면 하는 사람이었으니까.

대한이 휴대폰을 내밀며 말했다.

"대대장님, 기사 한번 확인해 보시겠습니까?"

"기사? 뭔데?"

박희재가 기사를 슥슥 내리며 확인하더니 이내 웃음을 터트렸다.

"하하, 감사장 준대?"

"아직 저한테 직접 연락 온 건 아닌데 기사로 나왔으니 곧 연락 오지 않겠습니까? 확인하는 대로 바로 보고드리겠습니다."

"이야, 오래 살다 보니 감사장을 다 받아 보네…… 어제 수영하다 생긴 근육통이 싹 사라지는 것 같다."

넉넉하게 웃는 박희재.

그러나 그 미소는 오래 가지 못했다.

박희재가 커피를 홀짝이며 말했다.

"근데 좀 걱정이네."

역시.

짬을 허투루 먹은 양반이 아니다.

대한과 같은 걱정을 하는 것이다.

그 반응에 대한이 얼른 대답했다.

"저도 같은 걱정입니다. 그래서 미리 조치를 취해 두긴 했습니다."

"조치? 무슨 조치?"

미리 조치를 취했다는 말에 박희재가 눈을 동그랗게 뜨고 물었다.

아무리 생각해도 현재 상황에선 미리 조치할 수 있는 게 생각나지 않았기 때문.

그 물음에 대한이 안유빈에게 부탁했던 것을 그대로 전달했고 대한의 조치를 들은 박희재가 어이가 없다는 듯 웃었다.

"허, 참…… 넌 진짜……."

"떨어지는 낙엽도 조심하셔야 하실 때가 아닙니까."

그래. 떨어지는 낙엽도 조심해야 할 때지.

박희재가 고개를 끄덕였다.

"그래. 평소였다면 호들갑이라고 했겠지만 네 말도 일리가 있다. 고맙다, 대한아."

"아닙니다. 당연한 것 아니겠습니까"

"근데 괜히 선빵 친답시고 관심만 더 끄는 거 아냐?"

"하하, 그래서 좀 더 세심하게 부탁해 놨습니다. 저희 부대뿐만이 아니라 다른 부대들도 다 가는 휴가라고 말입니다. 그러니 아마 저희만 꼬투리 잡힐 일은 없을 겁니다."

나무를 숨기려면 숲에 숨기라고 했다.

내 짬이 얼만데 이런 것 하나 예상 못 할까.

게다가 대한은 병사들을 위해 떠난 휴가인데 그걸로 국민들에게 욕먹기 싫었다.

국민들을 지키기 위해 강제징병된 청년들인데 고작 여름휴가 좀 갔다고 욕먹으면 그게 얼마나 기분 나쁜 기억으로 남을까?

박희재가 고개를 끄덕이며 웃었다.

"역시 인사과장이네. 확실히 그렇게 기사가 나면 상급부대에서도 건드리기 힘들지."

아마 이번 일을 계기로 공병단을 혼내려면 다른 부대까지 싹 다 조사를 한 뒤에 혼을 내야 할 것이다.

하지만 그건 현실적으로 어려운 일.

그리고 이번 기회에 상급부대는 확실히 알 것이다.

대한이 언론 플레이를 할 수 있다는 사실을 말이다.

대한과 박희재가 무거웠던 마음을 내려놓고 웃고 있을 때, 박희재의 전화가 울렸다.

이원영이었다.

"어, 원영아. 어? 아…… 그래?"

전화를 받은 박희재의 표정이 점점 굳어져 간다.

이윽고 전화를 끊은 박희재가 어색하게 웃었다.

"하하…… 원영이가 올라오라네."

"기사 때문입니까?"

"어, 작전사에서 지금 무슨 휴가냐고 전화 왔다더라."

"……수첩만 챙겨서 바로 오겠습니다."

호랑이도 제 말하면 온다더니 안유빈의 기사보다 작전사가 더 빨랐다.

대한은 인사과에서 수첩을 챙긴 후 박희재와 함께 단으로 올라갔다.

단으로 올라가며 박희재가 한숨을 내쉬며 말했다.

"후, 그냥 애들 데리고 놀러 간 거에 왜 이렇게 관심들이 많은 거야?"

"다들 군 생활이 편하신 것 같습니다."

"어휴, 맨날 훈련하고 굴러야 다른 곳에 관심을 덜 쏟지."

이내 단장실에 도착해 문을 열자 이원영이 관자놀이를 누르고 있었다.

"하, 왔냐?"

"작전사에서 연락 왔다며?"

"어, 왜 보고도 없이 놀러 갔냐더라."

박희재가 자리에 앉으며 어이가 없다는 듯 말했다.

"아니, 단급 부대가 작전사한테 이런 것도 보고해야 하냐?"

"당연히 아니지."

"근데 왜 그러는데?"

"기사가 났으니까? 근데 이건 나도 모르겠다. 좀 있다가 다시 연락 준다고 하긴 했거든? 연락 올 때까지만 좀 기다려 보자."

이원영도 해수욕장에 같이 간 건 아니었다.

하지만 공연과 회식을 같이 즐긴 입장이었기에 함께 책임을 지려는 것.

이원영은 이런 일에 혼자만 발 빼는 사람이 아니었으니까.

그 반응에 대한은 이원영의 마음고생을 덜어 주기 위해 박희재에게 했던 말을 그대로 해 주었다.

그러자 이원영의 표정이 대번에 환해졌다.

"그런 일이 있으면 진작 이야기를 했어야지!"

"네가 안 물어봤잖아?"

"하, 난 또 네 진급 날아갈까 봐 얼마나 조마조마했는데……."

작전사의 전화를 받았던 이원영은 박희재에게 전화를 하기까지 엄청난 고민을 한 것 같았다.

이원영의 반응에 박희재가 웃음을 터뜨렸다.

"집 가려는 놈 다시 잡아놓고 이제 와서 말 바꾸진 않겠지. 나도 안 하는 걱정을 왜 네가 사서 해?"

"그럼 신경이 안 쓰이겠냐? 진급예정자일 때는 떨어지는 낙엽도 조심하라고 그랬어. 너 이제 아무것도 하지 말고 대대장실에 가만히 짱 박혀 있어라. 알겠냐?"

"왜, 아예 출근도 하지 말라고 하지?"

"내가 또 그 꼴은 못 보지."

이원영이 한결 여유로워진 표정으로 의자에 등을 기대었다.

그때, 이원영의 전화가 울렸다.

"예, 공병단장입니다. 아, 충성!"

각 잡고 전화 받는 이원영.

높은 사람인가 보다.

얼마 뒤, 이원영이 조심스레 전화를 끊자 박희재가 살짝 긴장하며 물었다.

"누군데 왜 이렇게 긴장해?"

"작전사 공보실장님."

"어휴, 괜히 놀랐잖냐. 난 또 높은 분이 연락 온 줄 알았네.

공보실장이면 대령 아냐? 왜 이렇게 각 잡고 전화를 받아?"

"그러는 너는 왜 긴장했는데?"

"계급 높은 사람이 전화하면 당연히 긴장해야지, 끌끌."

틀린 말은 아니었다.

아무리 선제조치를 해 놔도 계급 높은 양반이 마음에 안 들면 조치고 나발이고 모든 게 물거품이었으니까.

'괜히 군대에서 산을 옮길 수 있다는 말이 있는 게 아니지.'

이원영이 다시 여유로움을 되찾고는 입을 열었다.

"그래도 작전사 공보실장이면 짬이 얼만데 당연히 각 잡고 받아야지."

정훈병과 또한 공병과 마찬가지로 진급 상한선이 낮다.

대한이 알기로 준장이 최고 계급이었고 작전사 같은 큰 부대에 공보실장으로 앉을 정도면 짬이 찰대로 찬 인물일 터.

이원영이 각을 잡는 것도 이해가 되었다.

박희재도 고개를 끄덕이며 답했다.

"뭐, 내가 받은 건 아니니 상관없긴 하다만…… 그래서 뭐라든?"

"아, 본인은 괜찮다고 하시더라."

휴, 다행이었다.

그도 그럴 게 대한이 가장 신경 쓰던 양반이 공보실장이었으니까.

'언론 관련된 건 공보실장이 지휘관한테 보고하니까.'

근데 그 공보실장이 괜찮다고 하니 한숨 돌린 것.

정말이었다.

작전사한테 연락 온 걸 보면 아직 안유빈의 기사가 올라오지 않았다는 건데 그럼에도 괜찮다는 건 공보실장 선에서 알아서 커트하겠다는 말이 될 수도 있었으니까.

그러나 한국말은 끝까지 들어야 한다고 이원영의 말은 끝난 게 아니었다.

"근데 다른 간부들이 안 좋게 보고 있다고 하시네."

"다른 간부들? 간부들 누구?"

다른 간부들이란 말에 박희재와 대한의 미간이 다시금 좁아졌다.

그 물음에 이원영이 손을 저었다.

"그건 말씀 안 해 주시더라. 그냥 다른 간부들이라고만 했지."

"공보실장이 괜찮다면 끝인 거 아냐? 처음에는 누구한테 연락 왔는데?"

"당연히 당직계통에서 연락 왔지. 문제가 될 수도 있다고 통신대기 잘하고 있으라고 하더라."

박희재가 질린다는 듯 혀를 차며 말했다.

"쯧쯧, 단장도 별거 없네. 이리 치이고 저리 치이고 다 똑같구나."

"너도 곧 할 건데 뭔 남의 일인 척 하냐?"

"최대한 피해 볼 생각이다. 참모나 돌아다녀야지."

"필수보직인데 그게 가능하겠냐?"

"최대한 미루다 보면 되지 않을까? 그렇지 않냐, 대한아?"

대한이 고개를 끄덕이며 답했다.

"다음에 한다고 하고 이리저리 돌아다니다 보면 군 생활 다 하시지 않겠습니까?"

"그렇지 그렇지. 아직 보직도 안 나온 거 보면 실수로 진급시킨 것 같으니까 있어도 없는 듯이 군 생활 해야겠다."

그러자 이원영이 쯧쯧 혀를 차며 말했다.

"그게 가능하겠냐? 이번에 기사만 안 났으면 그럴 수도 있겠다 싶겠지만 이젠 그러고 싶어도 못 그럴 걸?"

맞는 말이었다.

눈에 안 띌 거면 처음부터 안 띄었어야지.

그런 의미에서 박희재는 이제 조용히 군 생활하긴 그른 몸.

'아마 안유빈의 기사가 나오면 관심과 인기는 더 많아지겠지.'

대한이 직접 한 일도 많았지만 지휘관과 공을 나누는 건 당연했다. 그리고 기사를 본 사람들은 박희재가 모든 일을 했다고 생각할 터.

당연했다.

젊은 중위랑 늙은 중령이 뛰어들었는데 누가 더 돋보이겠는가?

박희재가 새삼 사태의 심각성을 느끼며 미간을 좁혔다.

그 모습에 대한이 피식 웃었다.

그때, 이원영의 전화가 다시 울렸고 공보실장의 연락인지 군기가 딱 잡힌 채 전화를 받았다.

그러다 갑자기 대한에게 물었다.

"대한아, 감사장 받으러 언제 가냐?"

"아직 연락받은 게 없습니다. 기사로만 접해서 연락을 기다리고 있습니다."

이원영은 대한의 말을 그대로 전달했고 이내 전화를 끊고 말을 이었다.

"공보실장님이 일단 감사장 받으라고 하셨다. 작전사에서는 감사장 받고 난 뒤에 말 나오는 거 보고 대응한다고 하시네."

"혹시 안 좋은 말 많이 나오면 어떻게 하신답니까?"

설마 징계는 아니겠지?

불안했다.

뭔 놈의 나라가 군인이 사람 구하고도 걱정해야 되는 건지.

그래도 혹시 모를 사태를 대비해 일부러 포항으로 휴가를 간 것이기도 했다.

포항은 공병단의 작전 지역 중에 하나였으니까.

또 중대를 나눠서 출발시킨 것도 부대 지킬 병력을 남겨 놔야 꼬투리를 덜 잡힐까 싶어서이기도 했고.

'정말이지…… 군대는 혹시 모를 불운을 예방하는 게 전부라

더니.'

대한의 물음에 이원영이 무심하게 말했다.

"따로 말씀하신 건 없어. 근데 뭐 안 좋은 말 나오면 그냥 징계받아야지 별수 있나."

하긴 걱정한들 어떡할까.

걱정해서 걱정이 사라지면 걱정을 하겠지만 그게 아니니까.

'그래도 징계받을 각오하라고 겁이라도 안 준 게 어디냐.'

대한이 속상함에 한숨을 내쉬자 이원영이 피식 웃으며 말했다.

"하여튼 뭐…… 징계 메꾸려면 빡센 부대 많이 돌아다녀야겠네."

그 말에 박희재가 도리질했다.

"내가 왜? 난 안 그럴 건데?"

"누가 너 이야기래? 내 이야기야."

그 말에 이번에는 대한이 대답했다.

"설마 단장님까지 징계가 있겠습니까."

"있을 수도 있지. 같은 주둔지에 있는 대대장이 혼자 결정해서 휴가를 간 건 아니잖아? 다 내 허락이 있어서 간 거지. 그러니까 만약 징계를 받는다면 내가 먼저 받는다고 하고 너희들은 징계에서 빼야지."

이원영은 징계를 두려워하는 장교가 아니었다.

부하들을 위해서라면 어떤 징계도 감수할 참 군인.

그렇기에 대한이 속으로 웃었다.

'그래, 이 양반이 혼자 내뺄 양반이 아니지.'

그렇기에 대한도 얼른 대답했다.

"단장님께서 책임지실 일은 없으실 겁니다."

"그게 무슨 말이냐?"

"계획은 제가 세웠지 않습니까. 대대장님 휴가기간 동안 전결했다고 하면 제가 책임질 수 있을 것 같습니다."

물론 최종 결제는 박희재가 하긴 했다.

하지만 이 일을 부담스러워하는 윗분들에게 그건 중요한 것이 아니었다.

어쨌든 이번 일을 책임질 희생양이 필요한 것뿐이니.

그렇기에 계급 낮은 대한이 나선다면 오히려 쌍수를 들고 환영할 터.

'개념 없는 중위가 했다고 하면 금방 조용해질 테니까.'

이 과정에서 지휘관의 무심과 무능을 지적받을 순 있겠지만 징계는 피할 수 있을 것이다.

그때 대한의 말을 들은 두 사람은 누가 먼저랄 것도 없이 동시에 웃음을 터뜨렸다.

"하핫! 최근에 들은 소리 중에 제일 재밌는 소리네."

"흐흐, 하여튼 귀여운 놈이라니까."

두 사람이 왜 웃는지 대한도 안다.

정말 귀여워서 웃는 것이다.

새파란 병아리가 자신들을 대신해 책임지겠다고 하고 있었으니.

그런 의미에서 두 사람 모두 대한의 말을 진지하게 받아들이지 않았다.

물론 대한은 진지했지만 일단은 같이 웃었다.

좋은 게 좋은 거니까.

이원영이 웃으며 말했다.

"네 뜻은 알겠다만 아마 씨알도 안 먹힐 거다. 우리야 네가 그럴 수도 있다고 생각하겠지만 윗분들은 아닐 걸?"

안다. 그래서 애초에 직접 보고할 생각도 없었다.

'만약 그래야 한다면 언론에 흘려서 알릴 생각이었으니까.'

그러나 여기서 진지한 대답이 중요할까?

대한이 웃으며 답했다.

"그래도 제가 한번 잘 말씀드려 보겠습니다."

"됐다. 안 그래도 괜찮다. 그리고 징계받아도 나나 희재가 받는 게 낫지 미래의 장군이 받아서야 쓰겠냐."

"아, 아닙니다. 장군이라니……."

"후후, 그보다 너 전화 오는 것 같은데?"

정말이었다.

잠시 정신이 팔려 진동을 못 들었는데 낯선 번호로 전화가 왔다.

누구지?

대한이 얼른 전화를 받으며 말했다.

"예, 전화 받았습니다."

—안녕하세요. 포항해양경찰서입니다.

아, 드디어 올 게 왔구만.

대한이 대답했다.

"아, 예. 안 그래도 연락 기다리고 있었습니다."

—하하, 기사 보셨군요?

"예, 아침에 확인하고 많이 놀랐습니다. 근데 그냥 따로 연락 주셔도 됐는데…… 하하."

그랬다면 이런 일은 없었을 테니까.

그러나 상대는 현재 상황을 모르기에 웃으며 답했다.

—하하, 아닙니다. 그래도 좋은 일 하셨는데 전 국민이 알아야 하지 않겠습니까. 급하게 기사 낸다고 힘들었습니다.

그래. 저들이라고 알고 그랬을까?

그저 좋은 뜻에서 한 거겠지.

그렇기에 대한도 웃으며 말했다.

"생각해 주셔서 감사합니다. 그나저나 언제 받으러 가면 되겠습니까?"

—시간 괜찮으실 때 말씀해 주시면 바로 준비하겠습니다.

대한이 시간을 확인하고는 이원영에게 물었다.

"단장님, 저희 지금 다녀와도 되겠습니까?"

"어, 당연하지. 얼른 받으러 갔다 와."

대한이 휴대폰에 대고 말했다.

"지금 출발해도 괜찮겠습니까?"

─아…… 지금요?

"예, 얼른 받고 싶어서요."

─하하, 알겠습니다. 대략적인 도착 시간만 좀 알려 주시면 준비해 놓겠습니다.

대한이 휴대폰 너머로 도착 시간을 알려 주었다.

그리곤 박희재와 함께 자리에서 일어났고 박희재가 이원영에게 말했다.

"금방 갔다 오마."

"어, 조심히 다녀와라. 차는?"

"1호차 타고 오지 뭐."

대한이 재빠르게 박희재에게 말했다.

"대대장님, 그냥 제 차로 다녀오시죠."

"그럴까?"

굳이 병사를 이용해서 갈 필요가 있을까.

걱정은 하지 않지만 그래도 혹시 모르기에 상황이 끝날 때까지는 최대한 구설수에 휘말리지 않기 위해 조심할 필요가 있었다.

두 사람은 단장실에서 나와 짐을 챙긴 뒤 대한의 차를 타고 포항으로 이동했다.

포항으로 가는 길.

안유빈에게서 연락이 왔다.

박희재가 대신 전화를 받았다.

"어, 안 중위. 대대장이다."

―아, 충성! 진급 축하드립니다!

"하하, 고맙다. 대한이 지금 운전 중이라 대신 받았는데 스피커폰이니까 편하게 말하면 된다."

―그럼 같이 들으셔도 될 것 같습니다. 방금 저희도 기사 냈습니다. 대한이가 부탁했던 건들은 물론 칭찬까지 넣어 놨고 대대장님 인품 또한 충분히 기재해 놨습니다.

"대한이 칭찬은 그렇다 치고 내 인품은 왜?"

―제가 군 생활하면서 대대장님만큼 병사들 잘 챙기는 지휘관은 못 봤습니다. 그런 점들을 기술해 뒀습니다.

"자식, 그런 건 네가 군복 입고 있을 때 말하지 그랬냐."

―하하, 제가 굳이 말 안 해도 잘해 주셔서 할 필요가 없었습니다.

"흐흐, 그랬다면 다행이고."

―그나저나 어디 가시는 길이십니까?

"감사장 받으러 가는 중이지."

―오늘 바로 가십니까?

"그렇게 됐다. 우리가 휴가 간 걸 마음에 안 들어 하시는 분들이 좀 있어서 그냥 빨리 받고 치우려고."

안유빈이 씁쓸하게 말했다.

―분명 좋은 일 하셨는데 좀 그런 것 같습니다.

그러게나 말이다.

안유빈의 말에 대한이 조용히 한숨을 쉬었다.

그러자 박희재가 피식 웃으며 말했다.

"너나 대한이 둘 다 군 생활을 얼마 안 해 봐서 그런 거에 씁쓸해하는 것 같은데 나만큼 오래하면 이런 건 별로 아무렇지도 않다."

―역시 대대장님이십니다.

안유빈이 박희재의 말에 웃으며 말을 이었다.

―그래도 기사 올린 지 얼마 안 됐는데 조회수 빠르게 올라가는 걸 보니 별문제는 없을 것 같습니다. 너무 걱정하지 마십쇼.

"그래, 신경 써 줘서 고맙다."

―아닙니다. 다른 사람도 아니고 대대장님과 대한이 일인데 당연히 신경 써야죠.

"나중에 내려올 일 있으면 연락해라. 밥이라도 사 주마."

―안 그래도 조만간 저희 부장이랑 같이 부대에 놀러 가기로 했는데 그때 뵙겠습니다.

"오냐, 기다리마."

전화를 끊은 박희재가 곧장 본인의 휴대폰을 꺼냈다.

"기사를 어떻게 내놨는지 한번 볼까?"

이윽고 기사를 찾은 박희재가 천천히 읽어 보고는 웃음을 터트렸다.

"하하, 유빈이가 아주 재밌게 써 놨네."

이윽고 차가 잠시 멈추었을 때 대한도 빠르게 기사를 확인했다.

근데…….

"……이거 과장이 너무 심한 거 아닙니까?"

대한의 반응에 박희재가 재밌다는 듯 웃으며 말했다.

"원래 군대 이야기는 밖에 나가면 과장되기 마련이잖냐. 그리고 네가 안 한 건 또 없잖아? 다 진실인데 뭐."

"대대장님은 그래도 적당히 멋있게 나온 것 같은데 저는 그래도 좀 이상하지 않습니까?"

"어떤 부분이?"

"제일 이상한 걸 하나 꼽자면 병사를 생각하는 마음이 투철한 초급 간부가 장군들에게 직접 건의해서 대규모 이벤트를 만들었다는 것?"

축구대회 이야기였다.

근데 뭐 따지고 보면 틀린 말이 아니긴 했다.

대한이 건의해서 만든 아이디어이긴 했으니까.

다만 이렇게 텍스트로만 보니까 좀 이상하게 보일 뿐이지.

'원래라면 말도 안 되는 이야기니까.'

하지만 안유빈은 자신의 말을 증명이라도 하려는 듯 대한의 골 세리머니 영상을 링크까지 해 두었다.

박희재가 골 세리머니 영상을 틀며 말했다.

"뭐, 어때. 잘 건의해서 골 세리머니도 잘만 하는구만."

"휴…… 많이 부끄럽습니다."

"뭐가 그렇게 부끄럽냐. 그냥 현재를 즐겨. 어차피 금방 잊힐 인기일 건데. 내 정도 나이 되면 관심 받고 싶어도 못 받는다?"

하긴.

대한은 고개를 끄덕이며 계속 운전했고 얼마 뒤 두 사람은 포항해양경찰서에 도착할 수 있었다.

다음 권으로 이어집니다